徐志摩创作的叙事艺术研究

高志强 著

吉林大学出版社
·长春·

图书在版编目（CIP）数据

徐志摩创作的叙事艺术研究 / 高志强著. -- 长春：
吉林大学出版社, 2020.1（2021.10重印）
ISBN 978-7-5692-6019-9

Ⅰ. ①徐… Ⅱ. ①高… Ⅲ. ①徐志摩（1896-1931）
- 文学创作研究 Ⅳ. ①I206.6

中国版本图书馆CIP数据核字(2019)第298012号

书　　名：徐志摩创作的叙事艺术研究
XU ZHIMO CHUANGZUO DE XUSHI YISHU YANJIU

作　　者：高志强　著
策划编辑：黄国彬
责任编辑：马宁徽
责任校对：刘守秀
装帧设计：刘　丹
出版发行：吉林大学出版社
社　　址：长春市人民大街4059号
邮政编码：130021
发行电话：0431-89580028/29/21
网　　址：http://www.jlup.com.cn
电子邮箱：jdcbs@jlu.edu.cn
印　　刷：北京一鑫印务有限责任公司
开　　本：787mm×1092mm　　1/16
印　　张：8.75
字　　数：130千字
版　　次：2020年1月　第1版
印　　次：2021年10月　第2次
书　　号：ISBN 978-7-5692-6019-9
定　　价：56.00元

版权所有　翻印必究

前　言

　　作为现代时期知名度最高、接受度也最广泛的白话诗人，徐志摩创作的叙事艺术在研究界并没有引起广泛的关注。从国内出版的一些相关的研究成果看，关注他的诗歌艺术和他个人浪漫故事的作品越来越多，而对他创作艺术的研究并没有随着时间的推移而取得更丰硕的成果。阅读徐志摩作品，我们可以发现，虽然他热情洋溢，追求过度表现自我，但作品叙述脉络十分清晰，这说明徐志摩的叙事能力是非常优秀的。只有强大的叙事控制能力，才能在"天马行空"的写作过程中，保持思路清晰和目标明确。作为新旧转折时期成绩突出的现代作家，他在融合中西文化的过程中探索出的新思路，对研究中西文化沟通融合、研究中国文化现代化，都有学习借鉴的实际意义。

　　本书第一章研究的是徐志摩叙事能力的发展过程，通过对徐志摩叙事艺术发展过程的历史性研究，我们知道徐志摩的写作能力是天赋加后天努力的结果。他很早就表现出文学上的天赋，从开智学堂毕业之前就可以写出语言流畅、思路清晰、观点明确、论证翔实的具有苏洵《六国论》气势的古文。他从小就赢得了师长和家人的称赞。在杭州府中学堂求学期间，通过阅读新小说和抄录报纸时事杂评，他对新型文化作品有了发自内心的喜爱和学习模仿的自觉。在美国读书期间，他逐步确立了个体自主的意识，实践并提高了自己的社交能力和辨别人物的能力。受家庭文化影响和日本留学生的影响，他选择到英国剑桥大学留学。在英国留学期间，受狄更生和罗素的影响，他重新发现了东方文化蕴含的性灵美，开始自觉追求爱、自由与美，同时摆脱了传统文化含蓄蕴藉的中庸思想的影响，开始追求表现个人的思想倾向。这一时期是他的个人思想和文艺思想取得突破进展的时期。

第二章研究的是回到国内的徐志摩,通过努力逐步在中国文化界奠定自己的地位,也为新诗的发展打破僵局。初回国内,徐志摩的英国绅士风度和行事作风与中国文化界产生了碰撞,促使徐志摩集中精力创作新诗。在新诗创作获得文坛认可之后,徐志摩与中国文化界的交往逐渐缩小到新月社及其外围圈子,这打击了徐志摩复兴东方文化的理想。在闻一多"新格律诗理论"的影响下,徐志摩逐步从创作摸索进入到有意识实验的阶段。在这一阶段,他灵活使用传统文化造境的艺术手法,创作出具有动画效果的艺术细节,使诗句从蕴含古体诗的意味发展到新诗的灵动。这是徐志摩写作艺术的一次突破,也是他为推动提高新诗创作而做出的贡献。

第三章研究徐志摩在散文叙事艺术上取得的成就。受过度表现个人热情的影响,徐志摩的散文写作具有"天马行空"的特点。他以展现自我的性灵美,追求爱、美与自由的热情,使文章保持内在的统一,通过吸取、借鉴传统叙事中奇异叙事的艺术手法的成功经验,极大地调动了读者阅读的兴趣。

第四章研究徐志摩在小说叙事艺术上取得的成就。他吸收了中国传统文化中丛话和笔记小说的优秀成果,记录个人生活中遇到的有趣的、街头巷尾的故事,用艺术化的语言重构故事,使其成为作者观察社会变化的佐证。

在研究之后我们发现,徐志摩在诗歌创作中借助造境的手法,塑造有意味的细节并产生动画的效果,达到叙事与抒情共生的目的;在散文中借助奇异叙事的手法,化普通生活为吸引读者阅读兴趣的有趣的艺术世界;在小说中继承丛话和笔记的传统,从日常生活中摘取能引起兴趣的街头巷尾故事,经作者艺术化的叙述,成为具有原始朴素风格的小说。徐志摩虽然在思想上受西方文化影响很深,但他的思想内容和艺术手法,却完全是中国文化培养出的现代精华。

高志强

2019年9月3日

目　　录

第一章　徐志摩叙事能力的发展过程 …………………………………… 001
　第一节　早期徐志摩文学才华的展现 ………………………………… 002
　　一、徐志摩文学兴趣的展现 ……………………………………… 005
　　二、徐志摩文学才华的认同 ……………………………………… 010
　　三、徐志摩思想的独立倾向 ……………………………………… 015
　第二节　美国留学时期确立自我价值的过程 ………………………… 020
　　一、留学前的忐忑 ………………………………………………… 021
　　二、自我意识觉醒与前途选择 …………………………………… 025
　　三、现代意识的觉醒 ……………………………………………… 029
　第三节　欧洲留学时期的精神震荡 …………………………………… 034
　　一、文化理想的觉醒 ……………………………………………… 036
　　二、艺术社交与文化认同 ………………………………………… 041
　　三、艺术理想觉醒 ………………………………………………… 046

第二章　艺术才华与社会需求的互动 …………………………………… 053
　第一节　人生困局 ……………………………………………………… 054
　　一、尝试与失败 …………………………………………………… 055
　　二、探索与痛苦 …………………………………………………… 059
　　三、磨炼与成长 …………………………………………………… 063

第二节　成名的代价 ………………………………………… 068
　　　　一、标签与拒绝 ……………………………………… 069
　　　　二、无奈与接受 ……………………………………… 074
　　　　三、呼吁与碰壁 ……………………………………… 078
　　第三节　诗歌与叙事艺术 …………………………………… 081
　　　　一、被忽视的艺术背景 ……………………………… 082
　　　　二、叙事与"轻灵"的关系 ………………………… 087

第三章　激情叙事与散文创作的成功 …………………………… 093
　　第一节　散文的艺术成就 …………………………………… 094
　　　　一、独特的散文艺术 ………………………………… 095
　　　　二、浓郁的情绪与叙事的调剂 ……………………… 099
　　第二节　散文叙事的艺术特点 ……………………………… 103
　　　　一、热情洋溢的生活细节 …………………………… 104
　　　　二、充满诱惑的艺术王国 …………………………… 108

第四章　尝试小说创作与叙事艺术的发展 ……………………… 113
　　第一节　小说叙事方面的成就 ……………………………… 114
　　　　一、努力尝试小说创作 ……………………………… 115
　　　　二、小说题材选择的勇敢 …………………………… 118
　　第二节　徐志摩小说的叙事特点 …………………………… 122
　　　　一、小说聚焦个人生活 ……………………………… 123
　　　　二、小说注重内在世界的挖掘 ……………………… 126

结　　语 …………………………………………………………… 130

第一章　徐志摩叙事能力的发展过程

当一个作家以诗人的身份进入文学领域之后，我们在研究其文学成绩的时候，只能一次又一次地强化作家的诗人身份。这就是研究者受专业所限，在专业叙述的框架内，不得不承担的文化传播的责任。徐志摩就是这样一位诗人，他以诗歌著名。在大家的记忆中也习惯把他列为诗人。其实他活着的时候很多人就认为他的散文要比他的诗歌更优秀。在他去世之后，同属新月派的年轻人，在颂扬他诗歌成绩的同时，也纷纷肯定他散文的成绩。其实探究一个作家的身份到底是诗人还是散文家，并不能影响一个作家的文学史地位。同样我们去探究徐志摩的诗人身份还是散文家身份，也不能改变徐志摩在文学史上的地位。他是新月诗派的灵魂人物，在他这一生中，创作了许多优秀的诗歌，也发掘和培养了许多优秀的诗人，更重要的是经过他的实践，新月派的诗歌理论得以发扬光大。理论在成绩的印证下更凸显出理论的正确，在印证闻一多诗歌理论正确的同时也扩大了新月派在文坛的影响力。从这个角度来说，徐志摩是新月派成绩突出的诗人之一。同时也因为他诗歌创作的成就太过突出，使得我们在强调他散文成就的时候，要首先肯定他的诗歌成就，然后才能强调他也是一位优秀的散文作家，或者说是一个写出了许多优秀散文的诗人。

之所以要分辨徐志摩是一个诗人或者散文作家，因为创作诗歌和散文需要的才华是不同的。虽然诗歌也分哲理诗和叙事诗，需要作家分别具有哲学思辨的深度和叙事抒情的能力。但是因为中国诗歌更倾向于抒情，徐志摩的创作带有年轻诗人激情洋溢的特征，所以我们在强调徐志摩散文作家身份的时候,其实是再次强调我们要区分徐志摩创作中抒情和叙事的能力,哪一个占据着更重要的位置。一般地讲,我们更认可徐志摩是一个激情洋溢的诗人,这不仅有徐志摩的诗歌为证,还有他精彩的人生故事作为旁证。所以在面对争辩徐志摩作家身份的时候,很多人会觉得这是一个伪问题,或者说是一个不需要争辩的问题,即使在徐志摩的诗歌中我们发现了叙事成为他诗歌成败的关键的时候,很多人也以诗歌创作属于文学创作的一种、叙事抒情是文学写作的基本能力来予以否定。

正如我们早已认识到的,分辨一个作家是诗人还是散文家不会改变作家的文学史地位,也不会产生改变作家文学史地位的重要影响;但是分辨一个作家创作中最重要的才华是叙事还是抒情,对认识一个作家的创作特点还是有非常大的帮助,或者说对认识一个作家才华的最大特征是有帮助的。当我们抛开世俗故事的影响、文学史的刻板认识,重新阅读徐志摩的作品时,我们会发现徐志摩创作中最大的特点,是他诗歌创作中的激情洋溢和空灵的文学特点,在我们又一次重复文学史刻板叙述的同时,又发现吸引我们一次又一次阅读徐志摩作品的重要动力,不是他激情洋溢和空灵的诗句,不是他人生中最飞扬的那一面,而是他从小一直在无意中培养、在他虽然短暂但一直在努力的一生中逐步养成的叙事能力。他的人生和诗歌中沉稳的一面,他的作品浓郁的底色即叙事的基础,才是真正吸引我们重读徐志摩的作品、认可他的作品和文学才华、支持他的文学史地位的重要原因。正是他的激情洋溢和空灵的文学才华有了一个坚实的叙事基础,我们才能接受他的激情洋溢,能欣赏或者说能喜欢他空灵的文学世界和天真的行为。

第一节 早期徐志摩文学才华的展现

在徐志摩才华的发展过程中,或者说任何一个作家的早期创作中,都因为缺少丰富的案例,增加了研究的难度。徐志摩早期的文学创作也像其他作家那样,并没有完整的记载。他留下的作品只是他的课堂作业。其中最被大家认可的，是一篇谈论历史的古文习作《论哥舒翰潼关之败》。这是他14岁在硖石开智学堂毕业前的一篇习作：

"……夫禄山甫叛，而河北二十四郡，望风瓦解，其势不可谓不盛，其锋不可畏不锐，乘胜渡河，鼓行而西，岂有以壮健勇猛之师，骤变而为羸弱顽疲之卒哉？其匿精锐以示弱，是冒顿饵汉高之奸谋也。若以为可败而轻之，适足以中其计耳，其不丧师辱国者鲜矣！欲挫其锐，非深沟高垒，坚壁不出也不可，且贼之千里进攻，利在速战，苟与之坚壁相持，则贼计易穷。幸而潼关天险，西连京师，粮运既易，形势又得，据此以待援军之集，贼粮之匮，斯不待战而可困敌也。哥舒之计，诚以逸待劳，而有胜无败之上策也。奈何元宗昏懦，信任国忠，惑邪说而沮良谋，以至于败。故曰：潼关之失实国忠而非哥舒也……"①

周作人在《论八股文》②中曾提出一个观点，他认为八股文是中国文学乃至中国文化的结晶，不论别人是否承认，他认为这是不可遮掩的明白的事实。虽然经过科举考试的结束和"五四运动"的冲击，八股文算是已经"死"了，但是它像童话里的妖怪，被英雄剁成碎块，整个是不活，是死的了，但分开来看一块儿一块儿的，却都活着，而且从那妖形妖势上面看来，可以证明"老妖的不死"。因为中国文字有"六书"，有象形会意、有偏旁有四声，还有平仄，从这里必然生出好些文章上的把戏，像对联、律诗、灯谜、诗钟、骈文等文体，在这些文体的精华篇章里，文字繁复得像文字游戏。而简洁明了的更是精华，是中国文学作品的代表。自韩退之提出"文起八代之衰、化骈文为散文"之后，骈文似乎已交末运，然而不然，八股文生于宋，至明而少长，至清而大成，实行散文的骈文化，结果造成一种比六朝的骈文还要圆熟的散文诗，令人叹为观止。周作人认为八股文是散文骈文化的结果，而且八股文是比骈文还要成熟的散文诗。他之所以认为八股文是中

---

① 蒋复璁、梁实秋编.徐志摩全集（第一卷）[M].北京：中央编译出版社，2013：330-331.
② 周作人.论八股文·雨天的书[M].北京：华夏出版社，2009：239-242.

国文学乃至中国文化的结晶，是因为八股文是中国文学作品中利用散文文体创作出的整齐上口的骈文诗。周作人认为八股文不但是集合古今骈文和散文的精华，凡是从汉字的特别性质衍生出的一切微妙的游艺也都包括在内。骈文化的散文体八股文里含有音乐的分子，因为中国人特别嗜好节调，在读诗读古文、尤其是读八股文的时候摇头摆脑，耳朵里只听得自己朗朗的音调便犹如置身戏馆，令人诧异：哼一篇烂如泥的烂时文何至于如此快乐？他是麻醉于音乐里，在音韵节奏的铿锵里麻醉了。作八股文的方法也纯粹是创作音乐的方法，从认题、检材、选谱（选定合时宜的套数）、按谱填词，和创作音乐的步骤是基本一致的。八股文是轻文义而重声调，作文的秘诀是熟记那些名家旧谱，临时照填，且填且歌，跟了上句的气势，下句的调子自然出来，把适宜平仄音节的文字添上去，便可成为上好时文了。所以中国人写文章都要一边吟诵一边写，虽然作的不是八股文，但是读书时如此，甚至读家信或报章也非朗诵不可。所以作家在拿到题目写文章时，在应该说什么与怎样说的范围之内尽力地显出本领来，显得好时便是合乎规范，就是新晋的举人进士了。

  从周作人论八股文的观点来看徐志摩的《论哥舒翰潼关之败》，就是一篇完全合乎要求的八股文，文章骈散结合、结构整齐、节奏合辙押韵，读起来朗朗上口，确实像音乐一样。加上观点清晰、语言流畅、结构严整，确实有苏洵《六国论》的模样。有研究者认为徐志摩这篇文章阐发了自己对唐朝安史之乱期间潼关之战的评论。"用独到的眼光评点历史过往，评说古人。文中有热血豪情，也有明晰的逻辑。其文采辞藻，更是斐然……如此大气的文章，如此成熟的观点，让人难以想象是出自一个十三岁少年之手。霎时间众人明白，没有任何事物，能阻挡徐志摩的个人成长。犹如雨后春笋，破土而出的力量惊人不已。开智学堂，打开的不只是徐志摩的知识智慧，更多的是他的眼界、他的思想以及价值观。徐志摩找到了新的方式去关注世界，知道了更遥远的他方，有着他难以想象的繁华模样，也有着他从未看到过的战争残酷。"[①]

  一个十三岁少年的课堂作业有如此水平，确实令人大为惊叹，自然会认

[①] 吴韵汐. 我不知道风是在哪一个方向吹：徐志摩诗传 [M]. 北京：中国纺织出版社，2015：23-24.

可这位少年的神童之誉,甚至会庆幸自己在这个少年长大成名前就有幸读到他的文章。正像"徐志摩的年谱"中所说,他12岁入硖石开智学堂,成绩为全班之冠,有神童的称号,他的父亲徐申如常常向别人出示他的文章而引以为乐。他的父亲徐申如虽然是一个商人,但在硖石的影响却很大,尤其是和张謇一起计划铺设浙江铁路,遂有硖石首富之称,之后影响力更是扩大至长三角地区。以至于当地警察局长说,如果徐家丢了东西,他愿意照价赔偿。所以我们可以了解徐志摩的成长环境之优渥,出生于富豪之家,又确实有过人的才华,学习成绩又远超同辈,实是集万千宠爱于一身。后人对他的膜拜,实际上是有非常复杂感情的。但是超脱于这些复杂的感情之外,认识徐志摩文学才华的本来面目,是我们开始这次探险之旅的初衷。

一、徐志摩文学兴趣的展现

在一个人取得巨大成功之后,我们回顾他的青少年生活,总会自觉不自觉地神化他在青少年时期的表现,认为他日后能取得如此成就,是从青少年时期起就表现出与众不同、远超同辈的学习能力和惊人才华,似乎只有这样才能说明他日后能取得如此大的成就。这是我们在进行叙事的时候很难摆脱的思维逻辑,也是历史叙事的鬼魅之处。比如爱因斯坦的小凳子的故事,爱迪生的镜子的故事,林肯的樱桃树的故事,汉武帝的金屋藏娇的故事,朱元璋与刘伯温的故事,在所有这些故事中,都在强化或者暗示了后来这些历史人物的某些特质,让我们看到与他日后成就相对应的天赋。当然今天这种叙事方式已经深受质疑,逐渐不被大家采用,只在一些很肤浅的人物传记中才会出现。也许是受徐志摩人生精彩故事的吸引,或者是被陆小曼和徐志摩纠缠不清的情感故事的精彩程度所迷惑,像《陆小曼情传》这样的作品,依然采用了这样的叙事模式。采用这种叙事模式有一个好处,就是能更好地保持叙述前后一致。因为目标清晰一致,读者也更易于理解作者的叙事意图。

其实在回忆徐志摩的文章中,他的老同学们总说表面看来徐志摩和别的学生没有什么不同,整天读小说、调皮捣蛋、踢足球,但是也许是因为他天资聪颖,所以在考试的时候,即使看上去和别人一样似乎准备不足,依然能考取第一名，保持他年级级长的位置。这个观点郁达夫也极为赞同。跟徐志摩一样，郁达夫也是现代时期著名的作家，巧合的是两个人同时在杭州府中求学，一个班出了两个著名作家，不得不说这个学校有着特殊的文化底蕴。而且后来鲁迅也曾在这所学校教学一年，当然这时徐志摩已经毕业了，后来两个人发生论战而徐志摩节节败退不敢应战，除了性格和价值观的不同，这种特殊的校友关系，也许是徐志摩顾忌的原因之一吧。

郁达夫进入杭州府中时心态上是诚惶诚恐、战战兢兢的，用他自己的话说就是同蜗牛似地蜷伏着，连头都不敢伸出壳来。与他不同的是有两个年轻人出奇地活跃，一个身材生得很小、脸面很长、头也生得特别大、天天在做淘气把戏的小孩子就是徐志摩。和他一起淘气、捉弄同学的是他的表兄沈叔薇。在郁达夫看来，沈已经30岁上下了，因为他身材很高大，脸上已经现出成年人的神情，其实年龄大家都相仿。在郁达夫看来徐志摩特别的淘气顽皮，但也是同学师长爱戴的集中点。徐志摩因为学习好而年年都担任年级长，同学之间、高低年级之间、同学与教务长之间如果发生矛盾，而负责出面解决问题的人中往往有徐志摩。尤其令郁达夫感到惊异的，"是那个头大尾巴小、戴着金边近视眼镜的顽皮小孩，平时那样的不用功，那样的爱看小说——他平时拿在手里的总是一卷在有光纸上印着细致的小本子——而考起来或做起文来却总是得分最多的一个"。郁达夫说"像这样的和他们同住了半年宿舍，除了有一两次，也小小的上了他们一两次当之外，他和他们终究没有发生什么密切一点的关系"。等到后来两人再次在北京相遇，是在石虎胡同的松坡图书馆里，郁达夫眼里曾经"头大尾巴小"的小男孩子几乎完全变了，那矮小的身材变得非常之高大，但那种轻快磊落的态度，显示着徐志摩在欧美的游历中无形地已经把自己锻炼成了一个长于社交的人才。但笑起来的时候，郁达夫认为，还是同十几年前的那个顽皮小孩一色无二"①。

在目前能找到的徐志摩第一篇日记是这样写的：

  惟年辛酉，又申既毕业于高小学堂矣，其将奚适乎？期闻之
人曰，沪地学校多务名，不若杭州之为实。且学校在租界，则车水

---

① 蒋复璁、梁实秋编.徐志摩全集（第一卷）[M].北京：中央编译出版社，2013：235-237.

马龙不免无（有）分心之虞，故不若杭城之为愈也。遂谋肄业府中校。去岁曾倩燕孙君代为报名，俟考期定后赴考可也。同对往者有沈、张二君，则此行亦不虞寂寞。①

通过这篇日记，我们可以看出年仅14岁的徐志摩，对自己的人生有了初步展望，希望能够进入更有实力的中学接受更现代的教育。他对上海和杭州教育界情况的判断，基本上符合事实，可以看出，他虽然住在硖石这个小地方，眼界和眼光还是令人敬佩的。与其他神话般的故事相比，这则日记的意义更大。因为通过这则日记可以看出徐志摩语言功底的扎实、文字的流利、看人论事立脚点之高和喜欢热闹、害怕寂寞的性格特点，而且显露了徐志摩非常强的处理事务的能力，安排得当、思路清晰，应对起来从容不迫。通过这篇日记，我们可以看到他日后能成为新月派的中坚诗人，成为新月出版社的实际经理人，是与他出众的文学才华和出色的解决实际事务的能力有着密切关系的。

从确定到杭州府中学习到参加考试和等待放榜的过程中，一共有近20天的时间。在这不到20天的时间里（从1912年1月31日至1912年2月17日），徐志摩的日记本上一共记录了25首古体诗，这些诗是否为徐志摩所作，目前尚无定论，但仔细研究这些诗歌的选材，却可以发现一个非常有意思的现象，就是徐志摩已经像一个文人那样去思考和安排自己的生活了。在1912年1月31日共收录了两首诗，《独游严岛泊岩窗旅馆夜坐听雨》和《渡江作》，这两首诗都是典型的文人诗歌，都是在日常生活中，选取一个值得关注的细节，通过描写场景细节，唤醒我们文化记忆中的故事，或者是经典诗作中的知名词句——如"小楼一夜听春雨"这样的诗句，或者是历史人物令人感叹的故事，显示了作者在日常生活中沉浸在古典诗词和中华文化中时思绪流动的过程。也许是受当时波动的社会风潮的影响，这25首诗中相当一部分是谈史论时事的作品，当然展现的都是壮志未酬的英雄气概，可以体现出在徐志摩的心中存在着另外一个"金刚怒目"的倾向。

在这些诗中还有一部分是记录当时社会情况的变化，像《妓女洋帽》

---

① 虞坤林编.志摩日记新编[M].杭州：浙江人民美术出版社，2017：1.

《巡警木棍》《学堂文凭》《立夏日秤人》等，这些诗基本上都录自报纸，可以看出徐志摩年轻时就喜欢读报。这个习惯他保持终生，也是他后来能成功地编辑报纸、文学期刊的经验来源。

正式进入杭州府中之后，他立即到学校附近游览，游览各历史博物陈列所。他感觉这些地方空间狭小、男女混杂、殊不雅观，但并没影响他在各陈列所了解地方的文化史迹、历史人物和地方传说。入学第二天他就到书店购买了《新三国》《新西游记》，开始了他在杭州府中大量阅读小说的学习历程。除每天阅读小说之外，在和朋友交往游览的过程中，他选择的也都是能一起纵谈小说、可以剧谈略数千年而且达到盛乐境界的、像潘应升这样的朋友。和朋友一起坐船游孤山——"梅妻鹤子"的林逋的遗迹，又游览岳坟瞻仰忠臣之遗范。和朋友下午一起到悦来阁品茶，晚上又和朋友去悦来阁喝茶，上床睡觉时还因为兴奋而身体微热，凌晨四点才睡着。次日又游览城隍山，到一览轩品茶，下午又和朋友游西湖和梅氏公园。后又学习围棋，在好友、亲戚沈叔薇腹痛之时，才读国文数篇、抄书数页混过时间。

在杭州府中读书时徐志摩保持了阅读报纸的习惯，阅《西湖报》才知道同学蔡荣生给自己留条借钱的原因；读《民立报》，知道中俄交涉事情。在去火车站接父亲的时候，看到一个外邦人壮硕异常，觉得殊堪发噱。

在表面闲散的中学生活中，徐志摩还是非常重视学习的。虽然喜欢游玩和阅读小说，但他坚持完成学业，课程有落后时也自觉警醒。他对教员的评价标准是教员上课时认真与否、学术能力高低，并不以教员对待自己的私人态度为标准。教员在上课时语涵警戒之意，他立即想到教员之渴望学生有所成就的态度如此急切，顿生"吾辈青年岂可不自勉乎"的正面反应。而当教员柔弱不振时，教体操的胡教员因此为学生所轻蔑，徐志摩认为学生和教员都有玷污学堂名誉的可能。徐志摩和沈叔薇虽然喜欢讲话、偶尔淘气恶作剧，但当宿舍熄灯之后，有同学依然在喧哗噱笑，在他看来却是违背校规的行为。

在学生因琐事、吸烟等问题与监学发生冲突之时，徐志摩与同学在一起戏顽，被监学遇见，虽感觉幸不见责，随即自醒，认为以后应该自我多加约束，倘若被记过，与名誉实有关碍，还引用同学的话说："活泼固人之常情，嬉戏而无节制，则于名誉、卫生皆有损害。"徐志摩认为："斯言诚确论，余其谨志勿忘。"①

徐志摩在回家祭祖时，他关心的是家里请来了演戏法的，因为听说非常新奇就动了要观看的念头，以为可以"一广眼界"。在和兄弟戏谑时，代替他们"针花纸"。"针花纸"是做彩灯时的一道工序，用花针在纸上刺出图案，这是海宁彩灯的一大特色，重在针功。后来他的父亲也来"针花纸"，手足颇伶俐动目。可见在徐志摩的文艺才华中，有相当一部分来自民间文化的熏陶和父亲的遗传。

跟随家长上坟的过程中，"闷居小舟，遥观野外风景，当今三春之候，桃柳明媚以争妍于溪滨河畔，诚足为骚人逸士之吟咏料。惜余无大夫材，愧无以应此佳景"②。每当精神上感觉枯燥无聊之时，徐志摩都会自觉地调动自己的文学积累，利用既有的诗词歌赋和眼前美景互相切磋琢磨，在精神上和古代文人达到契合的程度，虽然他常常自愧自己诗才不足，但以他的聪明才智和文学积累，再有这样沉浸在文学艺术中的习惯，成为一个著名的文化人，自然也在情理之中。

回到学校之后，徐志摩除了担心自己课程跟不上之外，也要担心即将到来的各种考试，虽然他徒叹奈何，自省以后要专心学习，并以此自勉。从日记记载可知，此后徐志摩把精力主要放在了学习上，每天记载的都是上课的科目，对于教员的表现也有了更多的关注，游览和外出活动的记载确实明显减少。上课情况记载得更加详细，教员是否请假、上课是否进行和课堂有异常时都有详细记载，同时上课的过程中教员的表现也开始成为他日记的内容。比如在上兵操课时，胡教员不许用枪，有同学就负气回宿舍，而教员亦置之不理。徐志摩非常生气，在日记中留下了"此等教员乌足为中校师"的最严厉的评语。

在课余，徐志摩除了读书闲谈，又学会了踢毽子，后来又踢足球。这时自修课程读得最多的是英文和历史，而此时沈叔薇正好生病，在病房中陪他时读小说，成了徐志摩消磨时光的最好办法。

---

① 虞坤林编.志摩日记新编[M].杭州：浙江人民美术出版社，2017：35.
② 虞坤林编.志摩日记新编[M].杭州：浙江人民美术出版社，2017：36–37.

当报纸上披露、盛谈盛宣怀向日本借款1000万做兴办东三省实业之用、而以江浙两省做抵押时，徐志摩在日记中记下了他的深入分析和评论："余于此举诚深识盛宣怀之老谋深算苦心孤诣。其毅然而出此举，盖有深意存焉。日本之财政未见充裕，彼之欲借款于我，不过见英德美法均有借款，而彼独无，恐为人后，出于好胜之举也，乃盛侍郎不许其与于四国之内，而另立借款，借我一千万。日本人之财政穷矣。倭寇素狡，今乃为盛侍郎所卖，未始非外交之失败。惟吾国所借之巨款，苟能兴办各实业，不致为政府含糊侵吞，则全国人民之幸已。"①由此可知徐志摩对社会时事的分析和判断确实有与众不同的立场，对问题思考分析深入的程度也远超普通人，难怪他能写出语言华丽、见解深刻的好文章。他的文学才华受"八股文"影响形成了写作套路，但他的思想和见解，从小就与中国传统看法不同，也许他所生长的商业氛围浓厚的家族环境和地方文化对其思想认识的影响更直接、深刻。

此时徐志摩虽然学习的是中学课程，但他课余生活的主要内容是游览历史古迹、阅读小说，在思考和写作的过程中把自己的文学积累运用到笔端，确实是不自觉地发现和培养了文学兴趣、为日后从事文学活动奠定了坚实基础。人在自然成长的过程中，总是在似乎蒙昧无知的过程中获得极大发展。与今天的教育极致发展早于个人发展计划不同，徐志摩在不知不觉中发现和培养了自己的文学兴趣，积累了丰富的写作素材和写作经验；在阅读小说、报纸的过程中，养成对生活时事提出个人见解的写作习惯，这些都是日后他能不断创作的重要原因。文学才华需要天赋和培养，但写作和发表个人见解的习惯，却是在日常生活中逐渐养成的。

二、徐志摩文学才华的认同

徐志摩去世之后，其开智学堂的授业恩师张树森做祭文哀悼学生的早逝：

维中华民国二十一年，岁在玄默涒滩孤月之望，越十有三日庚申宜祭之辰，谨以只鸡斗酒之奠，致祭于志摩同学徐君之灵曰：呜

---

① 虞坤林编. 志摩日记新编[M]. 北京：浙江人民美术出版社，2017：50.

呼！何琪花之易萎，叹玉树之早埋，学海翻澜，读石麟之遗稿，书台在望，盼飞熊之重生，向蛉写恨，醽醁迎神，悲心曷已……①

在这篇祭文之中，曾经的授业恩师张树森高度认可、称赞徐志摩的文学才华。当然这篇祭文也显示了徐志摩虽然文学成绩非常出色，但是家庭和学校并不认为他日后定能走上文学的道路。"学海翻澜"，是期望徐志摩在纯粹学问上能做出惊人的成绩，因为江浙地区人杰地灵，在传统文化研究上也成绩斐然、人才辈出，作为有神童之誉的徐志摩，众人期望他在学术上有所建树、在学问上有所开拓，是地方的共识，也是当时社会对一个年轻人发展方向的共同期盼。"盼飞熊之重生"，用的是当年周文王梦到"飞熊扑日"的典故，姜子牙号飞熊。李白在《行路难》中也用了这一个典故，写出了著名诗句——"闲来垂钓碧溪上，忽复乘舟梦日边"。在悼词里用这个典故，显示出启蒙恩师和他周围其他人一样，认为从少年时期徐志摩展现出的聪颖天资显示其日后必定大有作为，而且他的发展道路应该与他的父亲徐申如不同，大家认为徐志摩将在仕途上大展宏图。当然大家对徐志摩人生发展方向的预测和他后来的实际有所不同，但是对徐志摩展现出的文学才华是共同认可的。

徐氏从明朝正德年间开始经商于硖石，后代一直居住在该地区，经六代到徐志摩。在《猛虎集》的序文中，徐志摩曾说，说到自己的写诗，那是再没有更意外的事。他查过他的家谱，从永乐年间以来他们家里没有写过一行可供传诵的诗句。当然这句话里有徐志摩的自傲，他对诗的要求是非常高的，认为好的诗歌应该是可供传诵的。诗歌达到能传诵的地步，自然是经典，是被大多数人认可、喜欢的。表面上徐志摩非常自谦，说自己家在六代之上没有一个著名的诗人，但对自己的写作才华还是非常地自信。毕竟江浙地区人杰地灵，在文化发达地区成长起来的年轻人，在谈论文化发展的时候有一个自认的高标准，仅仅写出一两首被别人喜欢的诗、在小圈子里面被认可的诗，是并不入他们的眼，并不被他们认为是成功的。他们认为的成功是要创作出能被传诵、被大家公认的好诗，这样写诗

① 蒋复璁，梁实秋编：徐志摩全集（第一卷）[M]．北京：中央编译出版社，2014：321．

的人才能被称为真正的诗人。

从徐志摩的日记我们可知，徐志摩的父亲徐申如先生针花的技艺也值得称赞，徐志摩认为自己父亲针花技艺娴熟灵动，用针扎出的图案活泼动人，可以看出徐申如先生在艺术上是有天分的。但与徐志摩的生活经历不同，徐申如青少年时期家庭商业还没有大发展，只能算是殷实之家，而且从小徐申如在学习上并没有取得瞩目的成就，所以在成功率仅仅为1/6000的科举之路上也没有机会取得骄人成绩。在读书为了参加科举的时代，要经过秀才、贡生和进士的三个阶段，考取进士的平均年龄为38岁。徐申如的父亲去世时他的年龄是32岁，虽然他在家排行老二，但他在商业上的天分使得他很早就成为家里的顶梁柱。后来他果然扩大了家业，使家庭产业走出了硖石这个小地方，全浙江和上海都有了自己的产业。同时他也兴办新的实业，开办了像灯泡厂这样的新型工厂，他有了硖石首富的称号。在修建浙江铁路时，徐申如是当时铁路股东的临时查账员的四人之一，当晚他就与同事到公司办公准备查账事宜。从这可以看出徐申如是一个非常勤谨的人，而且做事情有计划和目标，当然要有这样的才华才可以振兴家业。

我们叙述徐志摩的童年故事，总是强调徐申如常常把徐志摩的文章拿出来向亲戚朋友展示而且引以为乐，我们就会轻易地认为徐申如对徐志摩的文学才华深为赞同，并进而认为他对徐志摩走上文学道路是大加赞赏的。这样的认识是不准确的，因为在徐申如看来，徐志摩有文学才华自然是好事，可以在办公之余研究一些传统学问聊以自乐，但像姜子牙那样成为国家重臣，进一步扩大家业、在商业上取得更大的成功，才是徐申如更期望的。

徐志摩在杭州府中学习的时候，徐申如常到杭州开会，目的是为了筹备修建浙江铁路。在参加商会会议时，他常把徐志摩带在身边，这是对徐志摩商业意识的培养，也是一个家长培养孩子子承父业的常规做法。从这里我们可以看出徐申如先生并不觉得徐志摩日后一定要去做一个文学家，甚至他不希望徐志摩成为一个纯粹的学问人，更希望徐志摩能学习掌握更多的传统文化，成为一个有深厚文化修养的商人。在1912年7月9日，徐申如强迫徐志摩到商会参加议事，"所议事为欲设一学童，假时练习管营业之商店，命余辈诸学生执业于其中。啸庐叔等发起，并嘱余作说以解之，谓为提倡商业，开通风气之举。第此事于商业学堂则实有关系，余辈非习商者，则此何为？"①也许此时徐志摩还没有就自己的人生前途与父亲进行过沟通、辩论和冲突，他应该也清楚，虽然父亲很欣赏他文学上的才华，还是期望他能子承父业，还是希望他能成为一个成功的商人，而且是有深厚文化根底的文化商人。毕竟经过6代的辛苦，徐家产业已经从一个小产业变成了颇具规模的家族产业，而徐志摩作为他唯一的儿子，继承并且发扬光大家族产业，是他必须承担的责任。闲暇时他可以和父亲、五哥、六弟划拳，徐志摩视之为业余的娱乐，像少年人的游戏一样，但在徐申如看来，这都是培养徐志摩成为一个商人的潜在过程。想成为一个成功的商人，除了有商业投资的眼光，还要有与社会上各色人物周旋的能力，饮酒喝茶、吟诗作对都是必须精通的，这些都是一个商人周旋于有文化修养的官员之间的必备条件。当然徐申如对徐志摩的喜爱是发自内心的，终其一生，徐志摩是他唯一的孩子，徐志摩出生时，徐申如已经25岁，这个年龄得子在当时已经算是大龄了。所以后来徐志摩写回忆性的文章时，童年记忆中充满了温情，都是父亲母亲关爱自己的画面，虽然父亲严厉的时候居多，但是与《红楼梦》中贾宝玉的经历相比，徐申如的形象要比贾政可爱得多，徐志摩的青少年时期也更幸福得多。

徐志摩去世之后他的启蒙恩师孙荫轩曾写挽联，其上联为"讲幄谬参，三十年前晨夕欣从，初学聪明超侪辈"。②这短短的19个字，把少年时期徐志摩聪明可爱的形象，刻画得淋漓尽致。徐志摩是一个天生上进、爱学习的学生，虽生于巨富之家，但富而不骄、敏而好学；虽被家庭溺爱，但从小勤勉谨慎、严于律己，能自觉遵守学堂规矩，从小就自觉培养随心所欲不逾矩的行为规范，这就是"晨夕欣从"的事实基础。徐志摩是一个非常自律的孩子，学习成绩优秀又严于律己。所以在杭州府中担任年级长时，即使偶然逾越校规被监学碰到也没有被批评、更没有公开申斥，但他立即自省认为监学虽然没有批评自己，但是破坏校规的行为有破坏自己名誉的危险，以后更要严加自律。徐志摩的才智远远超过同辈，在人杰地灵的江浙地区，他的聪明程度使人自然地认为他日后必然大有作为。孙荫轩

---

① 虞坤林编. 志摩日记新编[M]. 杭州：浙江人民美术出版社, 2017：77.
② 蒋复璁、梁实秋编. 徐志摩全集（第一卷）[M]. 北京：中央编译出版社, 2014：316.

先生认为徐志摩从上学开始，他的学习成绩就远远超过他的同学，无论是学习成绩还是作文都是同学之冠，这使得他被人称为"神童"。孙荫轩先生挽联的下联有夸大之嫌："行程远大，三千里外风云倏变，中华文化失传人"，把徐志摩视为中华文化的传承者自然有夸大之嫌，而且徐志摩也不以传承中华文化为己任，但他是徐志摩的启蒙恩师，自然赞誉自己的学生。徐志摩英年早逝时已经是名满天下的作家，主持着上海新月出版社，而且是当时国内名声最为响亮、也是国内第一所现代大学——北京大学的教授，英文是北大成立时就开设的老牌专业，徐志摩的早逝，对硖石这个地区来说确实失去了传承文化的中坚力量。

徐申如认为徐志摩从小就聪明好学、成绩斐然，他一直以儿子为傲。但是他并没有认为儿子以后必然要成为文化人。曾经参与戊戌变法的梁启超，流亡日本后开始办报纸，宣传自己的革命思想。他的《论小说与群治之关系》流传甚广，徐志摩曾经模仿写出了《论小说与社会之关系》。也许在徐申如看来，一个有文化的聪明人，可以自由地穿梭于商界、政界和文化界，聪明的文化人不一定非要走文人的道路或一定要变成一个纯粹的文人，相比而言成为有文化的商人生活得会更幸福。晚清民国以来虽然许多文化人聚集到上海地区成为纯粹的文人，但是他们的生活并不富裕，尤其与徐申如这样的巨商比，二者的生活状态不可同日而语。所以一直表现得非常聪明伶俐、懂得进退的徐志摩，在父亲眼中，应该不会成为一个纯粹的文人，而会成为一个聪明、有文化，受商业文化和传统文化熏染的优秀的新式商业巨子、社会栋梁。从当时流行的观点看，在徐申如眼中，徐志摩日后要么成为一方高官、甚至中央重臣，要么成为富甲一方的儒商——像张謇那样著名的文化商人。所以对公认聪明、才华出众、情商智商皆非常出色的徐志摩来说，大家都认为他日后必定能在文化或仕途上取得骄人的成绩。同时参考徐志摩的家庭背景，一个有着富足家族财力和复杂社会交际网络的文化商人的光明之路，经过徐申如几十年经营，完整地铺摆在徐志摩的面前。他现在要做的是努力学习，在学校受到切实的教育，成为一个有真正学问的文化人。当然他的父亲会逐步把他引进商业圈。在他父亲的安排下，在府中中学时期徐志摩要在假期学习经营一个商店，虽然这时他还觉得自己不会成为一个商人，尤其是不会成为一个学习计数的会计人才，虽然没与父亲沟通过自己的前途和人生理想，他对商业管理和财经知识没有兴趣则是确定的了。

三、徐志摩思想的独立倾向

从高小学堂毕业之后、进入杭州府中之前这段时间，徐志摩对他的人生前途有过考虑，尽管对这辈子从事什么工作他并没有明确的计划，但要努力学习现代知识则是他这一时期最明确的目标。与上海的热闹相比，徐志摩更喜欢杭州地区朴实、上进的学校氛围。也许受父亲经商思想的影响，不务虚名而追求实效对他这次人生选择有决定性的作用。这时徐志摩童稚未除，在祖母、母亲和父亲的教导下，祖母和母亲的慈爱、父亲的严肃活泼，使得徐志摩的成长环境非常舒适优渥，他可以自由发展兴趣、爱好。何况徐志摩从小就是一个积极上进的孩子，虽然他生性活泼调皮，也只是年轻人的聪明好动，不带有其他的恶意。所以即使如敏感的郁达夫，在回忆中也只是记得落入了他们一两次小圈套。他开的都是一些无伤大雅的小玩笑，都是聪明过剩的年轻人做出的一些闹剧，不含恶意，更没有恃强凌弱。在郁达夫眼中聪明活泼的沈叔薇，徐志摩却觉得他安静得过分，可以整天独坐而不说一句话，需要徐志摩用自己的聪明活泼和淘气来调节，让他能像徐志摩一样享受轻松快乐的少年生活。

少年时期的徐志摩也不缺慷慨激昂之气。他日记中记下的诗歌中，大多是慷慨激昂的咏叹时事的作品，咏叹中充满了壮志难伸的愤激，都是对现实的强烈不满和改变现实的强烈呼号。比如在1912年2月6日的日记中，曾经记下这一首诗——《偶游江滨见甲午年湘人吴君愤时投江处读亭中碑记为之怆然同游某君吊以诗因依韵和之》："横流沧海几经春，来吊孤忠迹未论。廿载光阴同水逝，一亭草色逐年新。哀时雪涕浑无补，避世桃源未有津。蹈海而今多烈士，只将肝胆付波臣。"这首诗是否为徐志摩所做没有定论，但是从中可以看出徐志摩的思想倾向中"金刚怒目"的一面。他和当时许多年轻人一样，都对当时的社会有极大的不满。年轻人总是希望社会变化得更快一些，希望国家能像他想象的那样快速摆脱落后挨打、半封建半殖民地的局面。也正是有这样的想法和追求，他们对那些激昂地谈论时事、强烈地要求快速改变现实的诗歌具有天然的同情和爱好。少年人重情重义，对那些敢于付出生命的反抗行为，具有天然的同情。当听说一个年轻人愤然投江自杀，这一事件本身已经足够令徐志摩感到心神震荡。纵观徐志摩的一生，我们知道他是一个活泼而温暖的人，他的心里充满了柔情，很少显露他"金刚怒目"的另一面。所以这些愤激的诗歌，恰好证明了徐志摩像平常人一样有着喜怒哀乐的另一面，他不仅是一个活泼、能带给别人光明和希望的人，他像平常人一样喜欢批评和讽刺这个社会。他有自己的追求，对社会有不满和愤激，对未来有期许。在徐志摩来到当年湘人吴君投江处，虽然经过了几年时间，当年使得这个年轻人愤而投江自杀的现象还依然存在。沧海横流而光阴如水，虽然大自然每年都会草青草黄，经历自然的四时更替，但是令人悲痛的社会现实依然没有发生根本的变化，人们追求的世外桃源依然没有出现。激愤而敢于跳海而死的都是烈士，但是这些烈士也不过将自己的身躯付给了江水，白白地丢掉了性命，对社会的发展变化并没有产生意料中的影响。

在徐志摩的作品中很少具有辛辣的讽刺的语言，他对任何事情的观点都是非常明确的赞同或批评，他一直强调个人要诚实地对待自己和社会，这可能是在欧洲牛津大学养成的思想所决定的。深思熟虑的观点可以用喜剧的形式表达出来，像莎士比亚那样，但是含沙射影的讽刺是他不擅长的。他虽不喜欢，却不影响他不满现实时抄录两首讽刺时事的作品。他曾经记录了《民立报》的两篇讽刺诗，这两首诗记录了新出现的社会现象，以戏谑的态度表示了对社会风俗的反感和嘲讽。

《妓女洋帽》

别样风流惯效颦，相逢一笑此纶巾。居然北里寻常艳，也得西方彼美人。名妓工书都博士，花冠不整自成春。纵无脱帽相为礼，也是文明气象新。

《巡警木棍》

长安市上锦官城，绮丽风光百度更。未挞甲兵先制梃，不调律吕学持衡。指挥如意天花落，尺寸居然度量成。一棒当头谁唤醒，世间群盗尚公行。①

《妓女洋帽》这首诗中对妓女是极尽嘲讽的,视她们模仿西方女性穿着打扮为东施效颦。上海的妓女为了吸引顾客,总是参照最时髦的穿着方式打扮自己。在杭州时初见外邦人士,徐志摩认为他们壮硕异常,令人发笑,而这些妓女却见西方女子喜戴帽子,每次出行都正装打扮,节日盛装也要带一个大帽子。就像"商女不知亡国恨,隔江犹唱后庭花"一样,在内忧外患的社会形势下,徐志摩这样的文化精英逐步感受到了国外文化的入侵带来的压力,感受到了一种文化上的生死存亡的压迫感和紧迫感。但是对这些妓女来说,她们没有这样开阔的眼界和宏大的视角,她们学习一切新的东西,包括西方女人穿衣打扮的样式,只要是新潮和前卫、能带来客流的,她们都尽最大努力去模仿。这些妓女小时候为了迎合中国士大夫的需要都裹了脚,所以现在虽然在穿衣的样式上学习西方女人,虽然外表看上去像一个西方人,但是走起路来依然是小脚老太太的步伐,带动帽子前仰后合,令人有"花冠不整"之感叹。而且这些妓女虽然穿着西装出没于惯常出现的街头巷尾,将西方美人和东方妓女混合为一体并变成寻常的现象,其背后是精神内容的不同。因为西方男女见面时要互相敬礼致意,以此表示对对方的尊敬,而中国妓女却完全不懂这互相尊重的礼节,还是按照老办法讨好自己的顾客。表面上气象全新,社会似乎有了全新的变化,但其实不过是换了一套衣装,内在的精神还依然是"百里寻常艳"的中国妓女。

《巡警木棍》非常有意思。警察机关属于国家机器的一个组成部分,巡警的现代化也代表着国家机器的现代化,是政府工作现代化的表征,而且巡警的变化是当时整个社会各种繁复变化中的一种,所以诗中有"绮丽风光百度更"之叹。整个社会变化非常大,应该说百废待兴之时,有这样的变化也是应有之意,毕竟为了追赶西方的发展步伐,我们肯定要全方位地更新社会体系,才不辜负我们奋起直追的热情。但是我们在追求发展变化时,并没有把提高国家整体实力放在第一位,而是把管理群众的方式放在第一位,所以诗中有"未挞甲兵先制梃,不调律吕学持衡"的感叹。对一个国家来说,改

---

① 虞坤林编.志摩日记新编[M].杭州:浙江人民美术出版社,2017:5.

进政府工作方式现代化和提高军队实力才是第一位，而我们把巡警的木棍放在了首位，不是尽快把国家的发展引入正轨，却急着让一个巡警拿着一个木棍站在街头，这是对当时社会所谓"革新乱象"的辛辣讽刺。因为巡警站在街头并没有起到改变社会的任何作用，群盗依然在大街上公然横行，社会依然处于秩序混乱、百废待兴的落后挨打的窘境之中。

这两首诗的出现应该说弥补了徐志摩创作中的一个文体的缺失，徐志摩并不是没有讽刺时事的意愿，他也曾经为这样的文章而兴奋，所以才会把这样的诗抄入自己的日记。但是这样的诗歌虽然进入了他的日记，却与他的生命底色并不相符，与徐志摩在家庭影响下形成的文化观念也不同，日后他的创作中也鲜有这样辛辣讽刺风格的作品。

1912年2月16日他曾经在日记中抄写下这样的话："古今送春诗固少佳作，向闻先大人极称赏人一截句云：'春竟归何处，年年说送春。可怜春自在，送尽古今人。'盖其铸语之沉痛，实前古所未有也。时余童稚未记作者名氏，今余抱终天之恨，而春尚顽然如旧，偶忆此句，泣下沾襟矣。"①这则丛话因为是完整抄录，所以看出徐志摩非常欣赏、喜欢。与慷慨激昂不同，这则丛话关注的是送春诗这种诗体，咏叹的是时间流逝、送春归去，感时伤事、徒叹奈何，不知春来自何处又去往何方，季节的更替提醒着世人关注时间的流逝，在季节更替中万物从孕育新生到复归沉寂，人生从观赏美景变化的闲适变成体验死亡临近，生命之针滴答作响在煎熬。咏春诗一般会咏叹春天的美好，会展望一年光明的前途。而这则丛话中记下的这首诗却从这套几乎固定的叙述套路中跳出来，以更宏大的视角，比较咏叹的诗人和咏叹对象——春天的关系。这则丛话重现了陈子昂"前不见古人，后不见来者，念天地之悠悠，独怆然而涕下"的诗歌意境。因此说这则丛话用语沉痛、前所未有，则有明显的夸大之嫌。但是这则丛话的视角、立意与众不同，着重于表现人和自然的对比，人的渺小、自然的永恒，这给年轻的徐志摩带来了难以体验的精神上的冲击。因此徐志摩把这则丛话记入日记，可以看出这时的徐志摩开始思考人和历史、人和自然的关系。也就是说在新学堂的启迪下，徐志摩并没有止步于知识的接受和死记硬背知识点、仅仅为拿高分而努

---

① 虞坤林编.志摩日记新编[M].杭州：浙江人民美术出版社，2017：8.

力学习，而是借助着新知识打开的眼界，通过阅读和思考，逐步提高自己精神的境界，促使自己的思想不断达到新高度。

当时美国的演说家安荻到杭州协和讲堂演讲，徐志摩每次都提前到场。他认为安荻的演说"言中国之缺点，不甚详细，而旁引确证，列举故事，使人闻其言而忘其倦。其学识之渊博亦可以想见矣"。听第二天的演讲时他又再次感受到一种弱国公民的耻辱感。"听美国人爱逖（即安荻，笔者注）演说，一时可惊、可警、可耻、可憎之心齐起于脑中。可惊者，听说中国之弱点，一至于此。可警者，闻其奴隶瓜分之说，彼外人与我漠不相关，犹几知声泪俱下，乃大声曰：'青年之人，尔知爱国乎？'我国人闻之而不知发愤者，无人心也。可耻者，聆其诚实清洁之说，讥我笑我，然我国之人奚有？此事性质，彼以中国人尊德、诚实、清洁则国强矣。闻其说而羞耻之心不油然而生者，冷血也。可憎者，彼总以基督宗教为主，几以为一切饮食、起居、动作皆基督付我之能力；中国欲其国之发达，必须以基督教普及为莫大之希望。听其言，苟有言曰'彼言诚善也'，是真狼其心而狗其肺，我国之希望绝而余将哭矣。所可怪者，一般之陆军学生皆顺其旨而起立，若善其说者，呜呼，余心碎矣。"[①]通过这两则日记，可以看出徐志摩之所以能超越同辈，是他勤学善思的习惯达致的自然结果。虽然他非常赞同安荻的观点，而且深受感动，但是不代表他就会盲从安荻的观点，像当时的陆军学生那样受其蛊惑乃至应声而起，甚至振臂高呼。徐志摩对安荻的观点有认同也有反对，保持着自己独立思考的立场。他认为安荻是一个与中国本来应该漠不相关的外国人，能看到中国的缺点，虽然认识得并不详细，但能真诚地替中国人感到急迫，这是徐志摩为他的演讲而感动的最大的地方。徐志摩认为安荻在调动年轻人爱国之情的同时，借机宣传基督教的宗教救国论调，宣传有基督教就可以改变中国的宗教思想，徐志摩对此深表怀疑。从这里可以看到徐志摩受家族商业思想影响下形成的重实业倾向，自然侧重实业救国。他觉得修建公路、铁路，把中国经济构建为一个统一的经济整体，提高中国整体实力，改变中国被奴役、瓜分的现状，徐志摩认为从这方面看安荻的观点是正确的；另一方面，中国有自己数千年的文化传统，虽然这个数千年的文化传

---

① 虞坤林编.志摩日记新编[M].杭州：浙江人民美术出版社，2017：66-67.

统也有弱点，但是若把改变民族命运的希望寄托于基督教，认为我们所有的行动都是由基督赋予的，抛弃自己的传统文化转而接受基督教文明，那么中国文化传统重生的希望将会完全断绝。徐志摩为中国的发展前景感到痛苦，因为那些陆军学生本应是日后中国重兴事业的脊梁，但是他们的思想过于简单，被安获用爱国感情刺激后就被控制了心神，陷入思想的迷狂，站立起来集体鼓掌高呼，不再反思安获话语的对错，这意味着这些思想缺乏独立的军人，不能承担起革新军队、适应国家现代化进程的历史责任。徐志摩这则日记具有很强的历史预言，因为在20世纪20年代的军阀混战时期，从时间上推测正是这些陆军学生成为参战双方主要中下层军官的时候，而他们的思想简单、缺乏独立思考能力，没有成为阻止军阀混战的力量。

  1912年8月8日至1912年9月23日，徐志摩用了一个半月的时间抄录了沈毓修著译的《谦本图旅行记》，这本书1911年2月由商务印书馆印行，所记载的是横贯美国的游记。爱读一本已经公开出版的图书，如果真的喜欢多读几遍就可以，徐志摩却不怕麻烦，用一个半月的时间每天都大段大段地抄录，显示出他的确喜欢这本书，也可以看出当时徐志摩已经产生留学读书的愿望。经过在杭州府中的努力学习和课余游历、读书的进步，徐志摩已经眼界大开。在学习课堂知识之外，他又阅读了大量关注现实的小说，在游览名胜古迹时和古人进行精神对话的过程中，他求新求变的思想，已经有了初步的觉醒，已经产生了出国留学的愿望。

第二节　美国留学时期确立自我价值的过程

  徐志摩到美国留学的机会是他争取来的，也可以说是他预支了自己的幸福，在做出种种妥协之后，才争取到美国留学的机会。为了徐志摩能顺利出国留学，他的父亲徐申如先生也作了周密的安排。刚开始家里支持徐志摩入北洋大学法科读书，戏剧性的是当他考入北洋大学法科之后、正式入学之前，教育部下令北洋大学法学预科并入北京大学法学本科，徐志摩戏剧性地成为北京大学法学专业的学生。在张幼仪的哥哥、时任浙江总督秘书的张嘉璈的大力支持下，张、徐两家成功联姻，并且在徐志摩出国之前，举行了盛大的结婚仪式，据说当时张家的陪嫁轰动整个硖石。在徐志摩出国之前，张幼仪已经生下了两人的第一个孩子徐积锴。这桩婚事本来带有政治婚姻的意思，徐家在硖石是富商，张家在政界和文化界的影响很大、而且年轻一代正处于上升期。张嘉璈后来在国民政府任高官，张君劢是梁启超的学生，后来也是文化界的名人。所以从实用的角度考虑，徐申如替儿子选择的这桩婚事，应该是给徐志摩日后在政商两界发展打下了坚实的人脉基础。从张家日后的飞黄腾达可以看出徐申如看人看事的高人一等。徐志摩后来的发展也证明张嘉璈的眼光非常准确，他从徐志摩的一篇文章和字迹就判断出徐志摩前途不可限量，也是非常擅长识人了。当然，后来徐志摩从政治经济转向了文学创作，从一个听话的孩子变成了一个挑战世俗伦理的年轻诗人，而且与他的妹妹张幼仪公开离婚，成为民国史上第一对登报离婚的年轻人，这就不是张嘉璈能够预判的了。徐志摩从一个聪明、听话的乖宝宝，变成一个挑战世俗伦理的年轻诗人，这个转变是漫长的，但是从凡事听从家里安排到具有独立思考的自觉，这个过程确实是在美国留学期间完成的。

一、留学前的忐忑

1918年8月14日，22岁的徐志摩从上海出发，告别，到上海送行的祖母和父亲母亲，乘船离开祖国到美国求学。同行的有朱家骅、李济、董时等人，值得关注的是徐志摩同船的这一批朋友成才率是非常高的。朱家骅成为国民政府的教育部长，李济是"清华四导师"之时的一个讲师，董时后来成为中国著名的研究农村经济的专家。这三位是20世纪二三十年代的风云人物。徐志摩则成为著名的新派诗人，成为中国现代文学史上知名度最高、接受度也最广泛的诗人。

在前往美国的船上，徐志摩给家人写了一封长信，后来这封信以《民国七年八月十四日启行赴美分致亲友文》为题被收入全集。

诸先生即祖饯之，复临送之，其惠于摩者至，抑其期于摩者深矣。窃闻之，谋不出几席者，忧隐于眉睫，足不逾闾里者，知拘于蓬蒿。诸先生于志摩之行也，岂不曰国难方兴，忧心如捣，室如悬磬，野无青草，嗟尔青年，维国之宝，慎尔所习，以驯我脑。诚哉，是摩之所以引惕而自励也。传曰：父母在，不远游。今弃祖国五万里，违父母之养，入异俗之域，舍安乐而耽劳苦，固未尝不痛心欲泣，而卒不得已者，将以忍小剧而克大绪也。耻德业之不立，遑恤斯须之辛苦，悼邦国之殄瘁，敢恋晨昏之小节，刘子舞剑，良有以也。祖生击楫，岂徒然哉？惟以华夏文物之邦，不能使有志之士，左右逢源，至于跋涉间关，乞他人之糟粕，作无惭之妄想，其亦可悲而可恸矣。垂髫之年，辄抵掌慷慨，以破浪乘风为人生至乐，今自出海以来，身之所历，目之所触，皆足悲哭呜咽，不自知涕之何从也，而何有于乐？我国自戊戌政变，渡海求学者，岁积月增，比其返也，与闻国政者有之，置身实业者有之，投闲置散者有之。其上焉者，非无宏才也，或蔽于利。其中焉者，非无绩学也，或绌于用。其下焉者，非鲋涸无援，即枉寻直尺。悲夫！是国之宝也，而颠倒错乱若是。岂无志士，曷不急起直追，取法意大利之三杰，而犹徘徊因循，岂待穷途日暮而后奋博浪之椎，效韩安之狙，须知世杰秀夫不得回珠崖之飓，哥修士哥不获续波兰之祀，所谓青年爱国者何如？尝试论之：夫读书至于感怀国难，决然远迈，方其浮海而东也，岂不慨然以天下为己任。及其足履目击，动魄刿心，未尝不握拳呼天，油然发其爱国之忱，其竟学而归，又未尝不思善用其所学，以利导我国家。虽然，我徒见其初而已，得志而后，能毋徇私营利，犯天下之大不韪者鲜矣。又安望以性命任天下之重哉？夫西人贾竖之属，皆知爱其国，而吾所恃以为国宝者，咻咻乎不举其国而售之不止。即有一二英俊不诎之士，号呼奔走，而大厦将倾，固非一木所能支，且社会道德日益滔滔，庸庸者流引酖自绝，而莫之止，虽欲不死得乎？窃以是窥其隐矣。游学生之不竞，何以故？以其内无所确持，外无所信约。人非生而知之，固将困而学之也。内无所持，故怯、故蔽、故易诱，外无所约，故贪、故谲、故披猖。怯则畏难而就安，蔽则蒙利而蔑义，易诱则天真日汩，耆欲日深。腐于内则溃其皮，丧其本，斯败于行，贪以求，谲以恃，放行无忌，万恶骈生，得志则祸天下，委伏则乱乡党，如水就下，不得其道则泛滥横溢，势也，不可得而御也。如之何则可？曰：疏其源，导其流，而水为民利矣。我故曰："必内有所确持，外有所信约者，此疏导之法也。"庄生曰："内外楗。"朱子曰："内外交养。"皆是术也。确持奈何？言致其诚，习其勤，言诚自不欺，言勤自凤兴，庄敬笃励，意趣神明，志足以自固，识足以自察，恒足以自立。若是乎，金石可穿，鬼神可格，物虽欲厉之，容可信乎！信约奈何？人之生也，必有严师友督饬之，而后能规化于善。圣人忧民生之无度也，为之礼乐以范之，伦常以约之，方今沧海横流之际，固非一二人之力排奡而砥柱，必也集同志，严誓约，明气节，革弊俗，积之深，而后发之大，众志成城，而后可有为于天下。若是乎，虽欲为不善，而势有所不能。而况益之以内养之功，光明灿烂，蔚为世表，贤者尽其才，而不肖者止于无咎，拨乱反正，雪耻振威，其在斯乎？其在斯乎？或曰：子言之易欤，行子之道者有之而未成也，奈何？然则必其持之未确也，约之未信也，偏于内则俭，骛于外则紊，世有英彦，必证吾言，况今日之世，内忧外患，志士贲兴，所谓时势造英雄也。时乎！时乎！国运以苟延也今日，作波韩之续也今日，而今日之事，吾属青年，实负其责，勿以地大物博，妄自夸诞，往者不可追，来者犹可谏。夫朝野之醉生梦死，固足自亡绝，而况他人之鱼肉我耶？志摩满怀凄怆，不觉其言之冗而气之激，瞻彼弁髦，慭如捣分，有不得不一吐其愚以商榷于我诸先进之前也。摩少鄙，不知世界之大，感社会之恶流，几何不丧其所操，而入醉生梦死之途，此其自为悲怜不暇，故益自奋勉，将悃悃幅幅，致其忠诚，以践今日之言。幸而有成，亦所以答诸先生期望之心于万一也。①

---

① 蒋复璁、梁实秋编.徐志摩全集（第六卷）[M].北京：中央编译出版社，2014：47-49.

在这封长信中，我们可以看到徐志摩对自己的人生发展并没有明确的规划，或者说当时徐志摩认为自己的人生可以按照父亲的安排，到美国学习现代管理的技术和本领，学会与现代政府沟通的能力，成为一个像父亲、甚至比父亲还要成功的现代商人。这时徐志摩叛逆的一面还没有表现出来。他的人生实在太过顺遂，家族和社会没有理由伤害这样优秀的年轻人。在家里有奶奶和妈妈的溺爱。在奶奶的孙辈中，徐志摩天资最为聪颖，能力也最为突出。在学校成绩冠绝同侪，而且徐志摩学习不是死学，是善学勤思，他的成绩不是死记硬背得来的。在与人交往上，几乎所有的人都喜欢他，因为他善良，有知识、有学问、真性情，为人处事的能力也很强，处理事务从容不迫，令人心折。再加上他父亲给他结了一门好亲事，他的大舅哥张君劢牵线让他拜在他一直崇拜的梁启超的门下，实现了他一大夙愿，也让他看到了张家在文化界的影响力，这不是他的父亲能帮他完成的。这次到美国学习，是他成婚之后，以成年人的身份第一次独自出门远行。

  家人都依依不舍地到上海为他送行，家人觉得徐志摩此次出洋留学必能取得成功，因为才华横溢的徐志摩成绩一直出色，经过美国学校的教育，肯定会成为世界水准的人才，日后归国建功立业应该理所当然。徐志摩感受到了巨大的压力。一方面徐志摩看到了整个国家陷入了贫困交迫的窘境，这时经商会有巨大的压力，或者说商人需要更高明的长袖善舞的能力。另一方面徐志摩也像其他人一样，认为在中国进行实业救国并不容易，虽然家里有人希望他借到美国留学的机会打通与美国的关系，交到一些商界朋友，日后能互相扶助，在中国、亚洲乃至整体世界范围内进行商业合作，提高徐家在商界的影响力。徐志摩认为出国并不意味着必定成功，因为很多中国人留学归国之后，有投身政治成为高官的，有投身实业的，也有投闲散置的，虽然这些留学人才都是国之重宝，但并不一定都受到社会的认可和重用。所以徐志摩对自己的前途也充满了忧虑，当然他希望在留学之后能学到真才实学，回国之后能报效国家。从这些话语里面可以看到徐志摩对自己留学之后的生活，像其他年轻人一样充满了希望。不同的是徐志摩认为自己应该并不止于成为像父亲那样的商人，他也想成为国家和社会的栋梁。一个如此聪明的年轻人，有报效社会的理想当然令家长非常高兴，因为这是一个年轻人志向远大、不甘平庸的表现,也证明这个年轻人有着远大的前途和抱负,而且聪明的他经过切实地努力之后,在大家意料中必定会做出惊人的成就。

也许因为这封信是写给家人的公开信,所以这封信写得慷慨激昂,更像一篇文章而不是一封温情的家信。从这封信我们能读出徐志摩临行之前感受到了来自家庭的压力,一方面固然是因为他自费出国留学,需要家里给他经济上很大的资助;另一方面初为人夫人父的徐志摩,在传统文化的渲染下,已经有了初步的一家之主的理想和信念。这份沉重心情里面既有经济上的压力,也有他道德上感受到的成长的压力,这时的徐志摩在个人和事业上已经有了初步的规划,当然这个规划是家里给他安排的,并不是他个人的真实意愿。

这封信信尾的署名是徐志摩,这是他第一次用这个名字。之前他用的都是自己的家谱名徐章垿。徐志摩这个名字的来历我们都知道,是因为一个叫志恢的和尚曾经摸着他的脑袋说此子日后必大有作为。所以这次到美国去留学,对徐志摩来说,是学习西方文化的良机。他之前受到了太多人的关心和照顾,使得聪明活泼的徐志摩背负的是振兴家族的压力和长辈们的期许。但是随着个人经历的增加,勤学善思的徐志摩在美国必定会绘制一幅不同的人生画卷。因为随着思想的成熟、意志的坚定和个人意识的觉醒,走出家庭的牵绊成为他必然的人生选择。

二、自我意识觉醒与前途选择

到达美国之后徐志摩没有像家人安排的那样进入商科学习,而是选择了历史系,这是徐志摩第一次在个人选择上和父亲公开唱反调,当然这个过程也是一个互相攻守的过程,据说为此事他和父亲之间有过多次书信往来。但是儿大不由爷而且鞭长莫及,使得徐申如不得不接受徐志摩进入历史系学习的现实。当然,徐志摩这一抉择明显受到了他的恩师梁启超的直接影响,这也是徐申如能够接受徐志摩进入历史系学习的一个主要原因。中国历史和传统文化是梁启超的主要研究方向,为了改变国民精神,梁启超曾经写了《意大利三杰传》,宣传民主思想。徐志摩到美国之后仔细阅读了这本书,并在日记中写下了阅读感受，说它令自己"志摩血气之勇始见"。这时，1919年10月29日，他正好收到了张君劢的一封挂号信，信里面有他的亲戚蒋百里赠送的意大利名画6张，还有一张他们陪伴梁启超游历意大利的相片，在相片上有梁启超的附言——"携百里游罗马浃旬，日夕与古为徒。现代意大利，乃熟视无睹"。[①]徐志摩认为梁启超"风趣盎然，任师有兴哉"。从这个细节可以看出徐志摩读书的一个习惯，当他被别人的精神感动时，就尽力搜求、阅读他的作品，在阅读过程中使精神和直观感受合二为一，增加阅读的感受，提高对打动自己思想认识的深入程度。

当时美国承认北京大学的学历，美国大学承认徐志摩在北京大学法科的学分，不用从零开始重修课程争取学分。这一条件帮助他只需努力学习三个学期，就拿到了美国克拉克大学历史系的毕业证书，而且获得了一等荣誉学位。为了三个学期毕业，他利用暑假到康乃尔大学修了暑期课程的学分，这才使他赶得上立即到哥伦比亚大学注册攻读硕士学位。他和胡适的关系，从留学时期就有了端倪。胡适首先进入了康奈尔大学学农，后来又转到哥伦比亚大学学习哲学。徐志摩先到克拉克大学学习，然后又在哥伦比亚大学获得硕士学位，在暑期也曾经到康奈尔大学学习。所以徐志摩和胡适的留学经历有诸多重合之处，二人能成为终生好友是有基础的，两人有着特殊的缘份，本科和研究生时的学校相同，经历过相同学风的熏染。

在美国读书期间，徐志摩依然保持了游山玩水的习惯，经常和朋友一起去旅行，在游山玩水的过程中增加了彼此的了解。也因为年纪渐长的关系，身边的朋友先后遇到了情感的问题，徐志摩对这些问题嗤之以鼻，因为依照他的标准，身边那些留学女生都达不到他的要求。这些女生无论是身材、相貌还是修养，都有明显缺陷。徐志摩喜欢的女生首先要漂亮，其次要聪明，而且要有一定的中国传统文化修养。所以当他的朋友向他哭诉感情上的困扰时，他经常嘲笑朋友选择的对象不值得他如此动情，在他看来，外貌、才情如此不堪的女生哪值得他付出这样的深情。他在日记中曾对这些女生进行逐一点评，虽然语言风趣，但也看出在美国时他情感上的寂寞。对一贯喜欢热闹、热情好奇的徐志摩来说，在美国的学习生活是他自我砥砺的过程。所以

---

① 虞坤林编. 志摩日记新编[M]. 杭州：浙江人民美术出版社，2017：143.

后来在回忆自己留学历程的作品中，徐志摩很少提及他在美国的生活，很多时候是一笔带过或认为自己当时是糊涂着进入美国、离开时也整个是一个糊涂人。他在作品中谈及自己和胡适的关系时，也更强调他回到北京后两人正式交往的过程，对他和胡适先后共同在康乃尔和哥伦比亚大学的学习经历，他并未提及。在美国时徐志摩主要关注的话题是政治经济学方面的，可以看出美国文化中满是政治经济学影响的痕迹，胡适也非常喜欢谈论类似的话题。徐志摩谈论政治经济学话题的文章，是他所有的文章中影响力最不值一提，或者说是完全失败的，加上美国留学生活的不愉快，他对美国经历较少提及倒也在情理之中。

在美国生活的两年中，他主要在两方面有明显提高。第一是为人处事更加理性自觉。随着年龄的增长和成熟，他开始思考寻找能共同进步、在事业发展上能够互帮互助、团结合作的同志。为人处事不仅是日常相处，还包括大家完成共同追求事业时需要的协作精神。这就要求大家在志趣和性格上都有亲近和包容差异的雅量，或者有彼此共同扶持的决心，有宽容和鼓励，这样双方才能精诚合作、共同成就事业。到美国之后，徐志摩参加了留学生会的工作，这一时期他的专业和志趣都和社交、事业有关，参加的很多活动都与培养社交能力有直接的关系。郁达夫后来之所以看出他在留学过程中成长为一个很好的社交人才，主要的培养就在于这个阶段。这时徐志摩认为处理实际事务的过程中，人们会被一时的利益所左右，更因为大家志趣的差异，所以处理的结果往往难令人满意，因此初步接受实用主义观点的徐志摩认为大凡做事，无论宗旨如何纯正，成功终在手段之中，所以说有时不妨出奇制胜，因为兵不厌诈。手段可以使用，但不可突破道德底线。徐志摩认为做事有时不能圆满并不是手段问题，原因还在于态度是否足够诚实、愿望是否诚挚。"惟诚能成，不诚未有能成也。"[①]这是徐志摩第一次提出"诚"的观点。我们都知道，徐志摩对诚实是非常看重的，他认为一个人对自己和周围世界的态度，都应该出于真诚，这样一个人才能活得快乐。徐志摩虽然非常重视自己的欧洲时期，认为欧洲打开了自己的心灵世界，但是他基本的人生观还是在美国形成的。

---

① 虞坤林编.志摩日记新编[M].杭州：浙江人民美术出版社，2017：123.

第二，徐志摩在美国养成了"月旦人物"的习惯。参加在朗思廉工业专门学校召开的留学生会的过程中，徐志摩逐一评点了那些进入自己视线的人。在评点人物的性格特征、才华差异中，徐志摩也顺便介绍了这些人的家庭背景和社会关系，顺便区分这些人物与自己志趣的异同。比如他评点蒋廷黻的观点，就很能看出徐志摩看人的准确和由此判断其发展前途的可靠。"今年从法国回美，在北场见过。他到衣色佳过了几日。我同他打好几回网球。这一回我与他来一个双的，一直打到半结赛，才叫李铿跟陈宏振打了下来。蒋是一朴茂忠勇男子，三湘人物，习教育，敷陈将来推广教育计画，颇有心得之言。我颇重之。"他对汪懋祖的评价是这样的："苏州人，先到衣色加来，看他未婚妻袁小姐。任坚先见他是教育次长的门婿，颇思一抒他笼络手段，那里知道碰上一个钉子，从此记恨。说也可笑。在此与汪同房，时常谈论。汪先生是留学之守旧派，他第一就不赞成胡适等文字革命，就如护路说话，都是老腔旧调。记得在衣色佳有一转同游安飞涧时，他吟兴大作，就蹲下来在石块画上几句烂掉的四六，到也别有风韵。他国文的确不错，但是观念识见，似乎有些胶柱宫商。论人品是端方君子，可敬也。"[1]后来蒋廷黻成为奠定清华历史系的著名学者，随蒋介石到台湾后转型为著名政治活动家。汪懋祖在政界也大有作为。应该说徐志摩的"月旦能力"是基本可靠的。

在美国学习时徐志摩还非常热衷于参加演讲会。在杭州府中时期他曾经全程参加美国人安荻的演讲会，但是因为安荻的演讲倾向于宗教，所以对徐志摩的影响不是特别大。但在美国，因为教育过程中注重培养学生的表达和辩论能力，所以他非常重视辩论和演讲。"晚赴经济学会，听蓬小姐讲英国'商团社会主义'。哀皮西提说了一点，后来群起问难，一转呶嚣，到是有趣得很。回来把'禄数儿'的《自由康庄》念了几节，才明白了不少。翻了几段罗氏嘉言，生凑支离，极不写意。"[2]

应该说，正是在这个勤学善思，并且和同学、朋友互相砥砺的过程中，徐志摩对自己的前途，既有兴奋又多了很多迷茫；因为他确实每天都在认真

---

[1] 虞坤林编. 志摩日记新编[M]. 杭州：浙江人民美术出版社，2017：139-140.
[2] 虞坤林编. 志摩日记新编[M]. 杭州：浙江人民美术出版社，2017：170.

学习，而且善于总结教训，进步明显，能提前完成学分拿到学位就是证明，这确实是令人可喜的现象；同时他发现自己对很多政治经济学的常识并不十分了解，在遇到大家争辩时，许多具体的知识细节还需要查找资料才能凑成一篇文章，内容也不够齐整严密。这段时间徐志摩学习非常认真，每天都在买书、读书、写文章和参加演讲，在买书上超支，一向不缺钱的他居然需要借债度日了。虽然如此努力，也许是受天性使然，对政治经济学的问题，他并不十分感兴趣，很多时候的勤奋，只是完成学业的自觉，学习的效果并不能令自我要求高标准的徐志摩满意。这个专业和社会结合比较紧密，无论是徐志摩、徐志摩的家人和他身边的朋友，都认为他应该在这个专业上认真学习、精深研究，好回家继承、开拓徐氏产业。徐志摩却视之为畏途，他首先怀疑别人走近他的目的，开始逐步反思自己追求精神独立、走自己真正热爱的职业道路的前途问题。所以在获邀参加许多协会时，他用了很多"拉""凭空"这样的词汇，可以看出徐志摩逐渐感觉到自己在这个专业和圈子中并不适合，他应该有其他的方向，至少不应该再发生和别人争论问题时他需要回去查找相关书籍才能了解问题的尴尬局面。对徐志摩这样天资聪颖的学生来说，知识上的挫折给他的伤害，远比事业上的挫折更严重，因为事业上的挫折，有很多是可以弥补的，但知识上的挫折使他感到了自己最引以为傲的智力上的优势不复存在，这是对他自信心的最大打击。

三、现代意识的觉醒

这一时期徐志摩写作数量非常少，从研究者搜集的文集和佚文的数量看，这一时期是他创作历程中的空窗期，这时他更专注的是自己的"事功"，他认真读书，希望硕士毕业后能拿到博士学位，为自己的留学生涯画上一个句号。这时他已经在日记中多次提到了胡适，比如在评价留学生会工作安排时，他认为这就印证了胡适所说的"一代不如一代"。胡适成为当时北京最年轻的文学教授，白话文学运动的开创者，文化界最炙手可热的人物，好奇的徐志摩至少已经听过胡适讲的课。胡适的谈话和文章应该给徐志摩留下了深刻的印象。在北京文化界学习生活，受到胡适的影响确实不可避免。胡适于1917年夏天回国，受聘为北京大学教授，而1918年就加入了当时备受关注的《新青年》编辑部，成为常任编辑和主要撰稿人。当时徐志摩刚入北京大学法科学习，胡适的名号自然如雷贯耳。通过徐志摩日记，我们可以知道徐志摩非常赞同胡适关于留学生活的很多观点。这时"胡适日记"还没有发表，因此关于胡适留学生活的一些观点和看法，应该是通过课堂、私下交流得到的。出国留学之前，成为梁启超的学生之后，作为北京大学的学生徐志摩和当时北京大学最年轻的教授胡适之间已经有了初步的接触。此时胡适算是徐志摩的老师，虽然不同专业，一个在英文系教书一个在法学专业学习，胡适是大学教授而徐志摩是学生，他们不可能有很深的交往，至少徐志摩蹭过胡适的课，毕竟胡适的课堂是当时北大最受欢迎的课堂，有时只能站在走廊里听，连窗户上都坐满了人。即使两人在北京文化界的活动中有过碰面，也只是数面之缘，或简单谈话。但我们从徐志摩在留学美国时学校的选择上看出他对胡适的崇拜和追随。他先入克拉克大学历史系，暑假到康乃尔大学修学分以凑足毕业学分，才能到哥伦比亚大学攻读硕士学位，康乃尔大学和哥伦比亚大学曾是胡适的母校。这时徐志摩能努力三个学期拿到一等荣誉学位，还积累了足够入哥伦比亚大学攻读硕士学位的学分，应该说徐志摩学习非常勤奋。而勤奋的背后，像徐志摩这样天资聪颖的孩子，早晚会摆脱控制自己的"丝线"，为个人绘制出远大的发展计划，并更努力地去实现它。

　　受专业的影响，徐志摩对社会的发展有了远超之前的关注。他认为自己平时总埋怨好友董时看不起人，过于自傲，而他自己也逐渐有了自傲的感觉。自傲与薄人乍看上去是相同的，其实分别还是非常明显。自傲是不分青红皂白，一味地看不起人，对人是没有区别的。他看不起的是人本身，总觉得别人不如自己。薄人是有分寸，有观察和比较，是有客观标准的。自傲是对自己非常重视，对其他所有人都会忽视甚至蔑视，把自己放在一个极限值的最高峰上。而徐志摩认为自傲还是应该存在的。因为首先要有一个标准，并且依据这个标准对别人进行评定，用心格外精密，不至于茫无所知，并且借此可以增进分析的、批评的、不受外界影响的眼光。另外，这种心理对自己也有反射作用，因为既然制定了一个标准，虽然这个标准可能是非理性的甚至有缺陷，但是限定自己必须站在极限值的顶峰，不如此自己就觉得没有做人的资格，也没有评定别人的资格，自己的良心就会大受损伤。这一点让徐志摩觉得自傲是有存在的必然理由的。在自傲的问题上徐志摩最大的困惑是要不要表现出来，是自己在心里面用自己的标准对别人进行评定，然后默默地对人进行归类划分，还是直接地表现出来，通过自己的行为表现出对别人的态度。默默地评定划分不用反省内查以评判自己与对象的关系，表现出来就要经过一个过程，接受对方的反作用力，这里面就有一个问题，你的标准和客观的认识是否相符，就成为别人评定你和你的标准的一个依据。而且如果我们直接地表现自己，会不会伤害到别人的自尊心，还是非常智慧地暗示给对方，徐志摩认为不加节制地、刻板直接地表现，自然就失去了制定一个标准的本意。制定标准的本意是为了更好地融入这个社会，或者说让自己和这个社会进行交流沟通的时候，通过使用明确的标准，使自己减少走弯路的几率，提高自己做事情的效率，节省时间，可以更有效率地使用时间。但是如果直接地表现出来，给别人造成伤害，反而增加了自己融入社会的难度，降低了自己的效率。因为大家一旦拒绝与你合作，反而成为你做事的障碍，你变成了作茧自缚，做事的效率自然下降，因而影响人生的进展。所以我们应该智慧地把自己的态度暗示给别人，同时尽最大努力明确地规劝，使对方意识到他的短处，而且认识到两人的友谊进而接受自己的观点和评判标准，这就做到了一举两得。徐志摩之所以要在日记中写下这样的反省，因为他认为自己"起先是一味地糊涂，见人的时候，没有自己的打算"①。在家里这样自然可以，因为围绕他身边的都是他慈祥的母亲和严肃的父亲，但是在社会上就显得过于天真。因为好和坏，如果没有明确标准的话，你就无法判断朋友于你的价值，也无法判断成败得失和人心善恶。采取这种生活方式的目的不是让生活变得乏味，而是让生活进入一种理性的范围内，让自己过上一种理性有节制的、现代的生活。

  现代社会要着力解决社会卫生问题，徐志摩认为这虽然有些棘手，但水是第一难题。据他耳目所及的家乡故事来看，常年的流行疾病，大半是因为水的缘故。在城镇的河道里水虽然在流，但是不知脏到什么程度。下游的

---

① 虞坤林编. 志摩日记新编[M]. 杭州：浙江人民美术出版社：2017: 109.

人在淘米，而上游有一个人正在洗马桶，什么脏东西人们都敢丢进河水里。但是大家都是如此，不管别的贫穷家庭怎样，生长在富贵之家的徐志摩就是这样长大的，也就是喝着这样的水长大的。他当然感觉非常难堪，也是应该要着力解决的社会问题。因为在南方已经开始出现现代工厂，比如说生产袜子的工厂，不顾公德，在上游直接把颜料倾倒在水里，这简直就是轻轻地下了毒，而全镇的人民都服了毒。但是谁来禁止呢？一旦夏天雨水不足，一个月不下雨河底就会干涸，全镇人没有办法只能挑河里的臭水饮用，下再多的矾也不能除净细菌、污染。徐志摩说如果用显微镜观察的话，不知每立方米水里含有多少细菌，而这些都通过食道进入人体，成为全体居民身体健康的大隐患。徐志摩说"这叫作甘心服毒"。"夏天一过毛病发作了。秋瘟！伤寒！瘪螺！吊脚！以及希奇百怪的传染病。郎中药铺，做得好生意。人口短了一大段。但是那疾病究竟是怎样来的呢？不用说是人心太坏，上天示罚，瘟病下降。没有别的，赶快迎会罢；赶快打醮罢；拜平安忏罢；开梅坛拜斗忏罢。可怜我们老太爷，也免不得要上山去住几天。斋戒礼拜，替合镇被除不祥。"[①]让徐志摩特别感叹的是中国的社会一直如此，"恐怕从开辟以来，没有换一些样儿"，这样的情形一年又一年，一代又一代地重新上演。

徐志摩参加北场夏令会，有了实际考察中国留学生安排会务、交流意见和团结合作效果的机会。这时他到美国已经9个月，虽然对于留学生情况不是非常熟悉，但是这次参加夏令会并非因宗教兴趣，也不是为了避暑和休息，主要是因为这是一个大多数国人的聚会，正好借此时机交流思想，唤醒大家注意国内政治局势。因为自"五四运动"以来全国各种运动风起云涌，国内学生已经建立了非常牢固的各种组织，组织建立了全国学生联合会，以做中国外交之坚固后盾，鼓舞民气，提倡国货，抵制敌货；而且他的老师梁启超和林长民这些人，对这些活动持支持的立场。徐志摩认为自己属于在美国的同学中认为应该有所表示支持国内运动的群体，而且这属于他在留学生会干事的职守所应该做出的表率。因为受"五四运动"的影响，徐志摩对待社会的态度有了科学研究的自觉意识。他开始在自己的日常生活中检验自己的现代观念，培养现代青年的专业设想，在消费上采取了记账节俭的方法，

---

① 虞坤林编. 志摩日记新编[M]. 杭州：浙江人民美术出版社，2017：109–110.

在个人生活安排上开始注意个人的身体健康，有计划地安排作息时间表，促进个体在精神和肉体上保持双重健康。因为他的肠胃多次出毛病，皮肤的颜色感觉也日渐黄黑、头上也有白发，他认为这不是一个勇士应该有的形象。

他碰到并深入了解和思考日本留学生在美国的表现，改变了民族主义的立场，客观评价了日本留学生学习的成果。在"营业璇玑论"这门课上，"一个小鬼报告一本书，叽里咕噜，不知所云。谈本小组一味抿着嘴干笑。我想从前是'天勿怕，地勿怕，只怕广东人说官话'，现在改了，'天勿怕，地勿怕，只怕日本人说鬼话（英语）'。"①虽然徐志摩受当时情况的影响，民族情绪高涨，但他不是一个心胸狭隘的人，他非常善于发现日本学生优点，并对自己的民族主义情绪有所警醒，并比较中日留学生在美国的表现，认为中国留学生在留学实效上不如日本留学生。后来徐志摩遇到一个日本人，顺便同他谈了几句，得知日本人在哥伦比亚大学共有90人，但是正式学习学位的不到30人，拿国家津贴的也不超过30人，其他60人是自费学习，不是为了学位而学习，纯粹出于对知识的热情。他认为日本人专心忍力，若专论学习成绩，中国学生更高一筹，这是因为中国人多虚荣，而日本人专攻实利，注重学习的实效。日本人在纽约大多学习商业，学商业又在一些专门学校，且不费心追求学位，因此能专心致志，学习效果能达到极致。"又习科学者尤研寻不释，有习化学某，盖终日不离实验室。吾华人有诸？""我甚鄙小鬼，每与语若临下属，而彼亦惴惴，惟恐我不豫。弱而不诎，此之谓大国民。虽然拙而无恐，无持而骄，乾惕主义乎？""小鬼又言其国人不重美国之学位，以是学者益不趋也。其视外国学位，盖不及其国大学之学位。此其嫉陋之却稍可见，然视昧势掀名者尚矣。"②徐志摩后来离开美国到欧洲去，追求个人感兴趣的文学事业，不斤斤计较于博士学位，放弃在哥伦比亚大学拿到博士学位的诱惑，后来又再次放弃拿到剑桥大学国王学院文学博士学位的机会回到国内，这是他能直接在国内获聘大学教授并终生从事自己热爱的文学事业的机会，这都可视为是受哥伦比亚大学中日本学生的刺激，也是他在初中选择到杭州还是上海学习时不务虚名而务实利地选择到杭州读

---

① 虞坤林编. 志摩日记新编[M]. 杭州：浙江人民美术出版社，2017：149.
② 虞坤林编. 志摩日记新编[M]. 杭州：浙江人民美术出版社，2017：154–155.

书的价值观影响的结果，在美国学习之后个人精神的成长和自我意识的觉醒，这些诸多因素综合影响下共同推动他做出了这样的人生选择。

虽然梁锡华在他的《徐志摩新传》中认为徐志摩的硕士论文水平颇低，内容谈及中国妇女自古以来的文化修养，并过度强调革命后中国妇女得解放的情形，这全然是爱国的徐志摩在洋人面前为中国妇女，也是为中国争面子的一篇文章，其中不少情节都不免有穿凿附会之嫌。这种因自卑而转化为自炫自大的情形，在当时的中国留学生中，几乎是普遍性的。稍后闻一多留美写家书时，所发泄的那种悲愤，带有歇斯底里般的哀号。韩石山认为徐志摩的硕士论文有分析有辩驳，分析多于辩驳，引证翔实、立论公允，那份心志先够得上坦荡。全篇翻译成中文约二万五千字，分三节，一导论、二传统地位、三教育地位、四经济地位、五结论。论述可谓严谨圆通。而且这时徐志摩也去打工，体验生活之余也深入了解了底层人的生活艰辛。①这篇硕士论文的水平自然不像梁锡华讲的那么差，也不像韩石山评价的那么好，达到硕士毕业论文水平是毋庸置疑的。

第三节 欧洲留学时期的精神震荡

1920年9月24日，徐志摩与刘叔和一起坐船穿过大西洋到达英国。徐志摩和刘叔和的缘份是非常奇妙的，两个人同船赴美，现在又同船赴英。去美国时两个人还不太熟，到纽约之后差不多每天都会面，而同船赴英时，徐志摩正陷入于对尼采的崇拜中，"那时我正迷上尼采开口就是那一套沾血腥的字句"：

> 我仿佛跟着查拉图斯脱拉登上了哲理的山峰，高空清气在我的肺里，杂色的人生横亘在我的眼下。船过必司该海湾的那天，天时骤然起了变化：岩片似的黑云一层层累叠在船的头顶，不漏一丝

---

① 韩石山.徐志摩传[M].北京：人民文学出版社，2010：46.

天光，海也整个翻了，这里一座高山，那里一个深谷，上腾的浪尖与下垂的云爪相互的纠拿着；风是从船的侧面来的，夹着铁梗似粗的暴雨，船身左右侧的倾欹着。这时候我与叔和在水发的甲板上往来的走——哪里是走，简直是滚，多强烈的震动！霎时间雷电也来了，铁青的云板里飞舞着万道金蛇。涛响与雷声震成了一片喧阗，大西洋险恶的威严在这风暴中尽情的披露了"人生"，我当时指给叔和说，"有时还不止这凶险，我们有胆量进去吗？"那天的情境益发激动了我们的谈兴，从风起直到风定，从下午直到深夜，我分明记得，我们俩在沉酣的论辩中遗忘了一切。①

刘叔和对徐志摩来说，不仅是青年时期的好友、学业上的同路人，后来回国之后，两人在文化事业上互相合作、来往非常紧密，共同成为早期新月派的重要作家。但对徐志摩来说，刘叔和还有更深一层的意义，因为徐志摩认为刘叔和是自己真正的朋友，两人都是不会轻易与人斗争的人，但是都有自己的底线；虽然不轻易斗争，一旦认定了对手，就会坚持到底，而且往往是最后回头的一个，就是两人一旦和对手展开辩论，就会坚持到底。可以说在后来的"新月时期"，因陆小曼而起的舆论漩涡缠绕着徐志摩，当时他非常需要刘叔和这样的良友陪在自己身边，别人质疑徐志摩时，刘叔和可以像一个良师益友一样提点徐志摩做出正确判断，需要与对手辩论时他会挺身而出，替徐志摩迎敌，勇敢地和敌人缠斗在一起。就像徐志摩所说，当时舆论漩涡的情况，其波澜壮阔不啻是又一幅大西洋的天变，如果刘叔和还在，两人还有胆量像当年在风雨中的甲板上滚爬那样冲入漩涡，和对手勇敢地斗争吗？人生难得的是有能共患难的旅伴，需要像刘叔和这样好友的陪伴。所以徐志摩怀念刘叔和，告诉我们人生难免受身边好友际遇的影响。

---

① 蒋复璁、梁实秋编.徐志摩全集(第三卷)[M].北京：中央编译出版社，2014：204.

一、文化理想的觉醒

徐志摩自认他这一生的周折，大都寻得出感情的线索。他之所以能摆脱哥伦比亚大学博士头衔的诱惑，毅然决然买船票渡过大西洋到英国去，就是想跟罗素这位20世纪的"福禄泰尔"（今译伏尔泰）认真读书，在学问和思想上都取得进步。可以看出，这时徐志摩的旨趣还是受他在美国学业的影响，比较偏重于社会理论，对社会学领域的思想比较感兴趣。其实徐志摩终其一生对社会问题都比较感兴趣，虽然他谈论社会问题的方法让人感觉不对头，好像他对社会问题发生的实质从来没有认真地研究过，对发生的社会原因也很少能看透，因为他没有接触过经济学理论中的博弈论。罗素的影响不仅仅局限于社会学领域。1920年10月罗素到中国访问，在中国知识分子中引起极大的震动。远在美国一直保持着阅读报纸习惯的徐志摩，对罗素访华的消息掌握得非常准确。罗素到中国一共进行了十多次演讲，分为5个讲题，由赵元任担任翻译。罗素演讲的消息和内容通过报纸都予以详细或者概述的报道，一直关注罗素消息的徐志摩通过报纸基本上掌握了所有的消息，对罗素演讲内容掌握的程度应该与国内学者相差不大。1921年3月罗素到保定一所中学演讲时，在冷风中为了显示绅士风度拒绝穿外套，结果得了急性肺炎住进了医院，当时有传闻说罗素已经去世。传闻到达美国之后，徐志摩信以为真，不仅流了眼泪，还做了悼念的诗，后来才知是虚惊一场，罗素并没有死。喜出望外的徐志摩决定到英国去跟着罗素读书。但是到达英国之后，徐志摩的热情被泼了一盆冷水。在中国知识界引起震动、被年轻人视为当代伏尔泰的罗素，却被剑桥大学除名，解除了他三一学院的fellowship。原因是为了追求个人幸福，罗素与自己的妻子离婚，而当时英国文化界视离婚为人生污迹，除非被证实出轨，才会判决离婚。罗素为了离婚，让他的朋友"不合时宜"地在旅馆两次碰到自己和情人约会。后来知道这是罗素的有意安排，为了离婚他故意制造了出轨证据。虽然离了婚，罗素还是被剑桥大学除了名。等徐志摩到达英国时，罗素已经离开剑桥大学，和他的新妻子搬到伦敦去卖文为生了。徐志摩的人生计划再次搁浅。

这时他的父亲徐申如为他铺垫的人脉关系起到了关键作用。徐志摩在伦敦政治经济学院混了半年，感到前途无望正想离开的时候，林长民到欧洲游学。受伦敦国际联盟协会邀请，林长民做了演说，林长民演说时的主席正是后来把徐志摩引入剑桥大学的狄更生先生。后来两人在林长民家再次相遇，当他知道徐志摩喜欢写诗，并且想翻译一些英国诗歌到中国去，他就劝徐志摩转学到剑桥的国王学院。但是因为学额已满，狄更生尽力给徐志摩争取了一个特别生的资格，让他有资格随意选课听讲。徐志摩说："从此黑方巾、黑披袍的风光也被我占着了"。在《我所知道的康桥》这篇文章中，徐志摩详述了自己进入剑桥大学的过程，他认为在剑桥生活的这段时间是他一生中最有意味、最有兴趣的时光。

　　在剑桥大学这段时间里，徐志摩学会了享受孤独。从童年一直到美国留学这段时期，徐志摩的生活一直是热闹的，他身边总围绕着一群朋友，闲聊文学、社会热点问题，结伴游览、参观文化古迹。但一个人要想真正成熟，一个人独处、学会享受孤独，与自己对话是一个必不可免的过程。徐志摩用的不是孤独，而是"单独"。他认为这是一个对人生很有价值的现象，也是一个人能有进步的第一个条件。你要发现你朋友的真，你得有与他单独相处的机会，你要发现自己的真，也得给自己一个单独的机会。你要发现一个地方的灵性，也得有单独玩的机会。徐志摩认为自己在欧洲学会了享受孤独。他能学会享受孤独，首先是客观情况决定了他少有机会交到中国朋友，当时到伦敦和剑桥留学的中国学生还不多，所以呼朋引伴的机会就很少，之前一直有朋友朝夕相处的环境没了。而且在伦敦政治经济学院读书的中国留学生尤其少。中国学生到欧洲留学，像钱钟书、杨绛、金岳霖、陈源、刘半农等，选择的都是语言学、文学和哲学等人文专业。欧洲的政治经济学当时已被认为落在美国后面了，美国作为世界上实力最强、发展最快的国家，理应成为学习经济学的第一选择，欧洲逐渐成为文化中心，美国的作家也以到欧洲游学是文化上的"朝圣"，像海明威这样的著名作家都有欧洲经历。在这种社会背景下，到英国去学习政治经济学、社会学专业，徐志摩感受到孤独也是情理之中的。虽然罗素在中国有非常高的名声，但对年轻学子来说，选取一个自己喜欢、并能拿到国内大学教授聘书的专业，才是务实之举。只有像徐志摩这样出身富商之家、没有经济压力的公子哥,才可以随心所欲地选取自己喜欢的专业。徐志摩到英国去向罗素求学碰了壁,只好到伦敦政治经济学院学习,感受到人生孤独也是自然之事。

在美国读书期间,张幼仪没有到美国去;在欧洲徐志摩遇到了林徽因之后,一些风言风语传到了国内,徐申如匆忙地把张幼仪送到了徐志摩身边。与张幼仪相处的矛盾,在大家庭的生活中尚可以掩饰过去,因为每天生活内容丰富、人员众多,夫妻二人几乎没有时间独处。但在欧洲两人有了单独相处的条件,矛盾逐渐变得不可调和。在《杂记赵家》这本书中,杨步伟曾经戏谑地说,她和赵元任到欧洲之后,感受到了金岳霖这批年轻人胡闹的氛围。他们一到欧洲,金岳霖这批人就派人上门劝说两人离婚,说有人看到赵元任与他的妈妈在街上一起走,因为杨步伟比赵元任大三岁。杨步伟认为徐志摩和张幼仪的离婚就是这批人搞的鬼。最重要的是杨步伟记录了一个细节。徐志摩离婚固然是他与张幼仪感情不够契合,也是受当时欧洲留学生团体鼓励离婚风潮的影响。①在徐志摩毫无预兆地离家三天、不闻音信之后,黄子美上门对张幼仪直接说:"他根本不想要你。"②而徐志摩得以与另一个女性单独相处的就是林徽因。后来回到国内之后,徐志摩也很少有这样的机会,能单独地与年轻女性相处。林徽因离开后,徐志摩一个人在康桥流连忘返,包括后来徐志摩对康桥的记忆,很多人说都掺杂了他对林徽因的记忆,对自己与林徽因曾经迸发的爱情之火的回味。但是徐志摩确实认为自己与康桥之所以有相当的交情,就是因为那些清晨那些黄昏,他一个人发痴似地在康桥上,绝对地孤独。从流连康桥的细节可以看出,张幼仪可以成为徐志摩的好朋友,但是绝对不会成为徐志摩心有灵犀的伴侣,因为张幼仪无法理解徐志摩的精神追求。虽然徐志摩毅然决然地与张幼仪离婚,并把她送到在德国留学的张君劢身边,但在张幼仪镇定自若、从容不迫的风度下面,有哀怨、绝望、祈求与嫉妒。这样的目光,让当时处于情感热潮中的林徽因感到:"我颤抖了。那目光直透我心灵的底,那里藏着我的知晓的秘密,她全看见了。"所以林徽因说自己是一个怯懦的、未成熟的少女,只能带着记忆

---

① 杨步伟. 杂记赵家[M]. 南宁:广西师范大学出版社,2014:51.
② [美]徐善曾. 志在摩登——我的祖父徐志摩[M]. 北京:中信出版社,2018:35.

的锦盒，里面藏着两人的情、两人的谊，还有已经说出和没有说出的话，离开伦敦回国了。她"不敢将自己一下子投进那危险的旋涡，引起亲友的误解和指责，社会的喧嚣与诽难，我还不具有抗争这一切的勇气和力量。我也还不能过早的失去父亲的宠爱和那由学校和艺术带给我的安宁生活。我降下了帆，拒绝大海的诱惑，逃避那浪涛的拍打"。在离开之时，林徽因没有做到决绝的程度。她给徐志摩留下了一封用紫色信封装的信，紫色是她喜欢的哀愁、忧郁、悲剧性的颜色，她把它视为两人"生命邂逅的象征"，在一个不合适的时间遇到合适的对方，得到了一个悲剧的结果。虽然两个人分手是一个悲剧的结果，但林徽因的话语令人在绝望中又有着对她不可割舍的留恋。"走了，可我又真的走了吗？我又真的收回留在您生命里的一切吗？又真的奉还了您留在我生命里的一切吗？我们还会重逢吗？会继续那残断的梦吗？……只是，我不期待，不祈求。"①所以林徽因和徐志摩的感情，就像她说的纠缠不清，任凭命运将两人的生命之线进行拉扯，一直到泰戈尔离开北京到太原，徐志摩和林徽因的感情还一直处在纠缠不清的状态。

  康河的自然美景激发了徐志摩热爱自然、神游宇宙的天性。虽然徐志摩在杭州和美国读书时都曾广为游历，但是康桥周围的自然风景，蕴含了深厚的文化底蕴，给了徐志摩独特的精神体验。在一个老村子的果园里，他曾躺在果实累累的桃李树荫下吃茶，花果偶尔会掉入他的茶杯，飞累了的小鸟会落到他的桌子上来寻找食物，那真是别有一番天地。在康河的下游河面开阔处，是春夏间竞舟的场所。徐志摩没有学会撑船，不屈不挠的他并没有获得船家的支持和赞扬，反而受到了善意的戏谑。每次他去撑船，一个活泼的船家都会对他做独特的动作，说调侃他的话。他每次撑船都会引起下游河面较窄处的船只堵塞，难怪他虽然爱撑船，但不被船家欢迎。他虽然生长于水乡，也经常坐船出入，但是富家少爷的身份使他失去了许多乐趣，他也因此失去了很多享受人间趣味的机会，比如撑船的乐趣。在上下游分界处有一个堤坝，水流很急，但此地可以在星光下听水声，听近村的晚钟声，河畔牛的吃草和反刍的声音。在康桥的生活使他弥补了诗词歌赋中一直在广泛记载、频繁出现，但他一直没有机会真正体会的乡土色彩。现在这个风情带有异域

---

① 徐志摩.徐志摩书信集[M].南京：江苏人民出版社，2016：4-6.

色彩,满足了一个青年人对生活的想象。在康河的中间部分,两旁是剑桥一些学院的建筑,使它脱尽了尘埃气,达到了一种清澈秀丽的意境,比画更美、比音乐更和谐,它留给徐志摩的不是纯自然的印象,它的美感是自然和人文的完美结合,激发了徐志摩的灵感。与西湖白堤上的西断桥和庐山七贤寺旁的观音桥相比,康河上的一个三环洞桥在徐志摩眼中充满了魔术般的魅力,桥上斑驳的苍苔、木栅栏的古色、那桥孔下泄露的湖光与山色,虽然"他只是怯怜怜的一座三环洞的小桥,它那桥洞间也只掩映着细纹的波鳞与婆娑的树影,它那桥上栉比的小穿阑与阑顶上双双的白石球,也只是村姑子头上不夸张的香草与野花一类的装饰;当你凝神的看着,更凝神的看着,你再反省你的心境,看还有没有一丝屑的俗念沾滞?只要你审美的本能不曾泯灭时,这是你的机会实现纯粹美感的神奇!"

我们应该真诚地对待生命本身,让生命的力量引导着自己前进的方向。徐志摩相信生活绝不是我们大多数人仅仅从自身经验推得的那样惨。人的病根是在忘本,人是自然和社会的混合物,花与鸟是自然的产儿,"但我们不幸是文明人,入世深似一天,离自然远似一天"。徐志摩认为离开了泥土的花草,离开了水的鱼能快活吗?我们从大自然取得我们的生命,从大自然取得我们继续的资养。"我们是永远不能独立的。有幸福是永远不离母亲抚育的孩子,有健康是永远接近自然的人们。"接近自然不一定要退回到游猎的远古时代,"只要'不完全遗忘自然',一张轻淡的药方我们的病象就有缓和的希望。到青草里打几个滚儿,到海水里洗几次浴,到高处去看几次朝霞与晚照——你肩背上的负担就会轻松了去的。这是极肤浅的道理,当然。但我要没有过过康桥的日子,我就不会有这样的自信的,我一辈子就只那一春,说也可怜,算是不曾虚度。就只那一春,我的生活是自然的,是真愉快的!(虽则碰巧那也是我最感受人生痛苦的时期。)我那时有的是闲暇,有的是自由,有的是绝对单独的机会。说也奇怪,竟像是第一次,我辨认了星月的光明,草的青,花的香,流水的殷勤。我能忘记那初春的睥睨吗?曾经有多少个清晨我独自冒着冷去薄霜铺地的林子里闲步——为听鸟语,为盼朝阳,为寻泥土里渐次苏醒的花草,为体会最细微最神妙的春信。啊,那是新来的画眉在那边调不尽的青枝上试它的新声!啊,这是第一朵小雪球花挣出了半冻的地面！啊，这不是新来的潮润沾上了寂寞的柳条？"①

与孤独相处的时光中，徐志摩发现了一个人与自然之间的神秘关系。正是一个人在康桥生活的过程中，他逐渐发现了自然的美，康桥是自然与人文环境相得益彰的所在，他体会到人与社会可以建立一个和谐和美的关系。徐志摩不是一个叛逆者，也不是一个有独立思想的革命者，但是康桥唤醒了他的灵性，而这正是他当时最需要的。康桥周围静谧的生活环境、和谐的社区与和平的社会，给徐志摩展现了一幅桃源图。只有在这样的社会和个人生活环境中，一个人才会发现美，一个人才有资格去探寻美。不论是中国的社会环境还是美国的社会环境，他虽然都有到各地游览的经历，但是这些自然风光都没有给予他一种与自然浑融一体的神秘体验。

二、艺术社交与文化认同

狄更生作为徐志摩进入剑桥大学的领路人，也是徐志摩进入艺术世界的领路人。关于徐志摩在英国与文化界名人交往的细节，他的孙子徐善曾在其著作《志在摩登：我的祖父徐志摩》中有较为详细的介绍：

> "徐志摩滞留伦敦期间，林长民向他介绍了狄更生。狄更生是一位著名的作家，彼时他执教于剑桥大学国王学院。他时常自诩为坚定的社会主义，对当时的资本主义社会秩序嗤之以鼻。他于1902年出版的《'中国佬'信札》（*Letters from John chinaman*）大受好评。该书以一位中国知识分子的视角写成，'他'为反对西方势力对中国社会的侵蚀渗透，而大声疾呼。值得注意的是，狄更生此前从未来过中国，但他仍然表现出对中国文化的深切理解与同情。
>
> 1911年，狄更生来华游历。他攀登了东岳泰山，又拜谒了曲阜孔庙，沿途登临名山，结营露宿，观览晓彤夕照。一路上，他对中国的风土人情、精神面貌有了直观深刻的了解。在散文集《风貌》（*Appearances*）中，他提到了登临泰山的沿途所见，并指出'一

---

① 蒋复璁、梁实秋编.徐志摩全集（第三卷）[M].北京：中央编译出版社，2014：94–99.

个将自然盛景奉为神明的民族，必定是对生活的意义有深刻认识的民族'。

这次中国之行后，狄更生以中国经历为素材，写了一系列诗歌。狄更生对中国的热爱，促成了他和徐志摩的君子之交，虽然二人年庚相差35岁，但他们依然结下了深厚的忘年情谊。狄更生常穿传统的英伦三件套西装，徐志摩则一袭长衫，两人反差虽大，但常能看到午后二人坐而论道，相谈甚欢。狄更生将徐志摩引荐给伦敦精英知识分子的圈子，而当时年仅24岁的徐志摩不仅英语流利，少年老成，思想深邃，他也为狄更生等了解中国思想打开了一扇窗户。徐志摩为表情意，送葛迪（徐志摩对狄更生的昵称）一顶中式丝绸小帽，狄更生经常戴在头上。他也很快成为徐志摩最为信赖的导师之一。

狄更生建议徐志摩这位小友从伦敦经济学院退学，转到'传说中的'国王学院修读硕士学位。鉴于已错过了当年报到入学的时期，徐志摩选择旁听国王学院的课程。由于学校无法为徐志摩安排住宿，所以他专门在附近的索斯顿镇租了一间民舍，每天骑自行车6英里到校读书。"[①]

这段论述详细介绍了狄更生与中国的情缘，他曾经以一个中国人的身份写过一本书，书的内容是防止西方对中国文化侵蚀渗透，大声疾呼保护中国文化。而狄更生与徐志摩的交往中，他的文化观念逐步影响了处于精神摸索期的徐志摩。狄更生认为，中华民族是一个将自然景致奉为神明的民族，必定对生活的意义有深刻的认识。

李欧梵先生在谈到狄更生与徐志摩的关系时，做了这样的调侃，'狄更生和徐志摩的智能发展过程竟然出奇的相像，不过在他们的心目中，中国和西方的作用却正好相反。'意思是说，作

[①] 徐善曾. 徐志摩与狄更生、罗素、曼斯菲尔德：离婚公案之外的剑桥岁月 [EB/OL]. https://www.thepaper.cn/newsDetail_forward_2138389.

为西方人的狄更生日益倾向东方，而作为东方人的徐志摩却日益倾向西方。

这样的一个狄更生，遇上了这样的一个徐志摩，不正是遇到了一个理念（想）的标本吗？

狄更生是王家学院的院友。据另一位也是王家学院院友，后来成为名震一时的小说家福斯特的描述，狄更生'慈祥温蔼、慷慨无私、聪明、风趣、动人、蛮有振奋人心的活力'，'他所关心的是爱和真，他所希望的是人心向善'。这些美德不会不对徐志摩产生积极的影响。至于狄更生之提倡古希腊的生活方式，尊崇老子，爱慕歌德、雪莱以及其他伟大作家的浪漫，热衷政治社会改革等，更会让徐志摩景仰不已且身体力行。

徐志摩对狄更生的尊宠到了这样的程度——每当狄更生在王家学院时，志摩就在狄更生的套房内闲坐聊天。狄更生在欧陆的时候也不少，当他不在时，志摩有时仍然会到他的宿舍，坐在房门口凝思，据说就是这样他也会呆坐几个钟头。这样的举动不免怪诞，不过也不是不可理解。一是狄更生的套房在王家学院院友居的顶楼，是个很安静的地方。房门外有窗，窗外蓝天绿树，静的只闻时间在细碎鸟语中划过；近楼梯的走廊很宽敞——凝神独坐，在狄更生的精神的感召下悄然深思，把人生世相的乱丝一一理弄，对一个文人来说，也自有其道理和雅趣。①

狄更生对徐志摩的影响是全方位的。一方面通过狄更生对中国文化的观察，再次强化了徐志摩心中东方民族是一个热爱自然、把自然奉为神灵的民族的观点；另一方面东方文化要接受西方文化的洗礼，但是要以东方人的需要为核心，不能完全照搬西方文化改造中国文化，否则就变成西方文化的侵蚀渗透了。

徐志摩在美国为了写毕业论文，曾跟一位美国教授、他称之为白先生的有过亲密交往，在日记中他记载了送给白先生的礼物："下午访白先生，前

---

① 韩石山. 徐志摩传[M]北京：人民文学出版社，2010：68-69.

日送伊茶一包，今日带新茶叶去，试量与他看。白先生居然将我的照相，搁在火炉架上。一条绣货也挂了起来，可惜那块丝差不多灰黑了，丝光尽失，他日想再送他一块新的。"①因为徐志摩的康桥留学日记已丢失，所以我们找不到他和狄更生互赠礼物的记载，我们只能在一些信件中看到他和英国的朋友互相托付购买书籍的记载。我们再来阅读徐志摩的这一段文字，就可以深刻地理解狄更生对徐志摩精神重铸的关键作用。

静极了，这朝来水溶溶的大道，远处牛奶车的铃声，点缀这周遭的沉默。顺着这大道走去，走到尽头，再转入林子里的小径，往烟雾浓密处走去，头顶是交枝的榆荫，透露着漠楞楞的曙色；再往前走去，走尽这林子，当前是平坦的原野，望见了村舍，初青的麦田，更远三两个馒型的小山掩住了一条通道。天边是雾茫茫的，尖尖的黑影是进村的教寺。听，那晓钟和缓的清音……这早起是看炊烟的时辰，朝雾渐渐的升起，揭开了这灰苍苍的天幕（最好是微霰后的光景），远近的炊烟，成丝的、成缕的、成卷的、轻快的、迟重的、浓灰的、淡青的、惨白的，在静定的朝气里渐渐的上腾，渐渐的不见，仿佛是朝来人们的祈祷，参差的翳入了天听。朝阳是难得见的，这初春的天气。但它来时是起早人莫大的愉快。顷刻间这田野添深了颜色，一层轻纱似的金粉糁上了这草，这树，这通道，这庄舍。顷刻间这周遭弥漫了清晨富丽的温柔。顷刻间你的心怀也分润了白天诞生的光荣。

"春"！这胜利的晴空仿佛在你的耳边私语。"春"！你那快活的灵魂也仿佛在那里回响。

……

伺候着河上的风光，这春来一天有一天的消息。关心石上的苍苔，关心败草里的花鲜，关心这水流的缓急，关心水草的滋长，关心天上的云霞，关心新来的鸟语。怯怜怜的小雪球是探春信的小使。铃兰与香草是欢喜的初声。窈窕的莲馨，玲珑的石水仙，爱热

---

① 虞坤林编.志摩日记新编[M].杭州：浙江人民美术出版社，2017:156.

闹的克罗克斯，耐辛苦的蒲公英与雏菊——这时候春光已是烂漫在人间，更不须殷勤问讯。

瑰丽的春放。这是你野游的时期。可爱的路政，这里不比中国，哪一处不是坦荡荡的大道？徒步是一个愉快，但骑自转车是一个更大的愉快，在康桥骑车是普通的技术；妇人、稚子、老翁，一致享受这双轮的快乐。（在康桥听说自转车是不怕人偷的，就为人人都自己有车，没人要偷。）任你选一个方向，任你上一条通道，顺着这带草味的和风，放轮远去，保管你这半天的逍遥是你性灵的补剂。这道上有的是清荫与美草，随地都可以供你休憩……你如爱儿童，这乡间到处是可亲的稚子。你如爱人情，这里多的是不嫌远客的乡人，你到处可以"挂单"借宿，有酪浆与嫩薯供你饱餐，有多目的果鲜恣你尝新……带一卷书，走十里路，选一块清净地，看天，听鸟，读书，倦了时，和身在草绵绵处寻梦去——你能想象更适情更适性的消遣吗？

陆放翁有一联诗句："传呼快马迎新月，却上轻舆趁晚凉。"这是做地方官的风流。我在康桥时虽没马骑，没轿子坐，却也有我的风流：我常常在夕阳西晒时骑了车迎着天边扁大的日头直追。日头是追不到的，我没有夸父的荒诞，但晚景的温存却被我这样偷尝了不少。有三两幅画图似的经验至今还是栩栩的留着……有一次我赶到一个地方，手把着一家村庄的篱笆，隔着一大片田的麦浪，看西天的变幻。有一次是正冲着一条宽广的大道，过来一大群羊，放草归来的，偌大的太阳在它们后背放射着万缕的金辉，天上却是乌青青的，只剩这不可逼视的威光中的一条大路，一群生物！我心头顿时感着神异性的压迫，我真的跪下了，对着这冉冉渐翳的金光。①

在这段文字中，我们可以看到徐志摩对自然风景的尊崇，面对着金光微视下的一条大道，上面挤满了一群食草归来的羊，竟然让他产生了神异性的感觉，屈膝下跪。他体会到的是人与自然之间的和谐关系，而这种和谐的

---

① 蒋复璁、梁实秋编. 徐志摩全集（第三卷）[M]. 北京：中央编译出版社，2014：99-101.

关系是东方文化最为推崇的。同时他感悟的是自然对人的供养，在这生生不息的自然转化中，羊吃草、人吃羊，而自然却像天父一般，悬在天空威视着人与自然的更替。徐志摩说自己的性灵是被康桥打开的，他发现了康桥周围自然的美景，他发现了康桥周围人文的美景，而带领他走上这条发现之路的，我们觉得应该首推狄更生先生。正是他对中国文化特有的感情，他特殊的个人经历，使得徐志摩在精神上再次发现和认同东方文化。徐志摩对东方文化的推崇，正是发现了东方文化中对人的性灵的尊崇，人只有打开自己的性灵之窗，和自然进行对话，自然界最微妙的美景可以在人的心灵中产生微妙的回应，人与自然和谐时让刹那化为永恒，这是东方文化中最令人惊叹的部分。经过中华文化的熏染和狄更生的影响，徐志摩的性灵之窗真正开启，他找到了自己和世界交流沟通的方式，他找到了自己去接近自然、让灵魂自由舞蹈的方式。虽然他拜了梁启超为师，而帮助他的精神产生蜕变的是狄更生、是剑桥的国王学院、是剑桥周围的自然和人文风光。徐志摩在国王学院没有拿到文凭，而梁锡华考证说徐志摩后来已经正式成为了国王学院的学生，不再是特殊旁听生，努力学习两年就可以拿到博士学位，但是在徐志摩看来，他在康桥的经历已经让他找到了自己和世界沟通的方式，对他来说最重要的不是那一纸文凭，而而是他要在人生和自然中寻找自己灵魂的美，寻找安适自己灵魂的生活方式，这时他选择回到中华文化的怀抱中。虽然经历了漫长的美国和欧洲的游历过程，这个漫长的时空过程，对徐志摩来说这是他的人生中最重要的一次精神萃取，一次最重要的磨炼精神的过程。他得到的不是课本上的知识，不是改变世界的方法，不是改造社会的理论，而是重新发现自己民族文化之根，及其早已为自己准备好的和世界沟通的方式，发现自己精神中已经存在的自在世界。

三、艺术理想觉醒

徐志摩到剑桥大学去，本想跟着罗素好好地念一些书，哪知到了剑桥大学之后，才发现罗素刚刚被剑桥大学除名。除名的原因很简单，他被证明婚内出轨而被法院判决离婚；实情却很复杂，因为他出轨的证据后来被证明是他自己有意制造的，他爱上了别的女人，为了离婚采取了如此下策。

1921年，徐志摩终于在伦敦见到了孺慕已久的罗素。和罗素的学术交往对徐志摩影响至深。林徽因不告而别之后，徐志摩胸中块垒郁积。也许是罗素的离婚经历让徐志摩找到了情感共鸣，因此他和罗素的通信更为频繁了。一次周末旅行中，罗素邂逅了女性主义作家、社会活动家布莱克，并对她一见钟情，因此罗素不惜自污名誉，也坚决要和原配史密斯离婚，迎娶布莱克。

那时候即使在西方国家，离婚也是很有争议性的事件。虽然史密斯已经答应罗素的分手要求，但离婚的过程远非在协议上签字那么简单。离婚当事人必须证明对方曾"犯错"，法院才会准许离婚。因此，罗素先是安排自己在伦敦的一家旅馆密会自己的一位女性朋友，作家、演员柯莱特·欧内尔（Colette O'Niel），且事后两人都声明这是"通奸事件"，主动为史密斯的律师提供证据。几周之后，罗素又买通史密斯的律师雇用的私人侦探，让他通报自己在另一家旅馆订了房间——只不过这次真的是和布莱克约会。罗素的不忠行为一夜之间尽人皆知，遂成为离婚的证据。

眼见木已成舟，法院才同意二人离婚。虽然离婚事件让罗素遭到了不少同侪的非议，但徐志摩见到罗素时，他和布莱克正新婚燕尔，他们的第一个孩子也即将出生。罗素在爱情和责任之间选择了前者，毋庸置疑，这深深地影响了徐志摩。①

罗素故意制造一些离婚证据、给自己的名誉增加污点的原因，是他要追求真爱，追求自己理想的人生，不愿为了世俗的名誉错过与爱人相伴的幸福生活。罗素对待爱情和生活的态度，应该说对徐志摩的影响是很明显的，因为身为名满天下的文化界领袖尚且可以视自己的"羽毛"为毫不顾忌的身外物，去追求灵魂的自由和生活的幸福，这是现代人应该勇敢地为自己而活的

---

① 徐善曾. 徐志摩与狄更生、罗素、曼斯菲尔德：离婚公案之外的剑桥岁月［EB/OL］.https://www.thepaper.cn/newsDetail_forward_2138389.

活生生的案例。要想成为纯粹的现代人,内在生活的圆满才是最关键的。如果说在美国读书时,徐志摩心中的罗素是他的著作中完美的知识分子形象,感受到的是罗素在学识方面的成就,那么到了英国之后,徐志摩看到的则是一个活生生的、有血有肉的真实的罗素。在罗素的感染下,经过两年的痛苦思索,徐志摩好不容易建立了自己为人处事的规则,被罗素的离婚事件一下击碎,而且终生没有在徐志摩的头脑中重现。徐志摩看到的罗素,是一个对生命充满热爱,对自己的灵魂真诚的人,是一个为了追求自我幸福而不惜与社会为敌的人。徐志摩认为,这才是一个真正的、纯粹的现代人。正是要建立一个能塑造真诚的、纯粹的现代人的社会制度,罗素才会选择为自己而活,罗素才会"攻击卑鄙虚伪,提倡世界政府,对资本主义和共产主义同样审视,热爱和平、文明、人类,捍卫思想自由及创作自由,这些观念,志摩全都心悦诚服地接受。而罗素在困境中的不卑躬屈节、不向外界势力低头的勇毅形象,那种为真理宁愿锒铛入狱也不苟且偷生的大无畏精神,更是深深地感染着这位东方的年轻人"[1]。

应该说在狄更生和罗素的精神感召下,徐志摩在内心找到了安置自己灵魂的方式,在自然和社会的美中陶冶自己的性灵,在自然和社会的美中倾诉自己的心声,展现自己灵魂的美;在外在方面则勇敢地展现自己追求自由追求美的勇气,勇敢地展现自由精神和美的精神在自己心中积蓄的力量。

除了狄更生,徐志摩与白庐碧蕻社的其他成员也过从甚密。白庐碧蕻社是一个精英社团的非正式名称,其成员皆为文学、艺术学、经济学、哲学、政治学和社会学等各个领域的卓越人士。其中包括思想犀利的思想家伍尔夫夫(Virginia and Leonard Woolf)、利顿·斯特拉奇(Lytton Strachey)、瓦妮莎·贝尔(Vanessa Bell)、弗莱、凯恩斯、克莱夫·贝尔(Clive Bell)、德斯蒙德·麦卡锡(Desmond Mac Carthy)、福斯特等人。白庐碧蕻社的凝聚力主要来自这些文化人士的君子之交,其中有些成员彼此是情人或家属关系。他们持有进步的社会观点和改良的理念,热烈地追

---

[1] 韩石山. 徐志摩传[M]. 北京:人民文学出版社,2010:71.

求有创造力的生活，力图一洗社会的沉疴。

在传记文学家J. K.约翰斯通（J. K. Johnstone）的描述中，他们普遍尊重万物的内在灵魂，认为个人的内心体验远比外在的行为表现以及物质生活更重要。他们重视勇毅、宽容、真诚等美德，追求美与真，认为只有充分地表达了精神和思想的人生才算完整。

极有可能是通过韦利的介绍，徐志摩结识了传记文学家斯特拉奇与艺术评论家克莱夫·贝尔。此外，弗莱曾在伦敦策划了一场画展，展出了当时还不入主流的保罗·塞尚（Paul Cézanne）、文森特·凡·高（Vincent Van Gogh）、保罗·高更（Paul Gauguin）等人的作品。徐志摩对之颇为激赏，1922年回国之后，他也曾在上海和北京等地不遗余力地宣传塞尚、亨利·马蒂斯（Henri Matisse）和巴勃罗·毕加索（Pablo Picasso）等人的画作。因此，徐志摩被这个精英团体所接纳也就不足为奇了。

彼时，欧美世界对中国也充满了好奇心与求知欲，而徐志摩这个就读于世界一流大学的中国高才生，对英法文学和中国文化都极为熟稔，谈文论艺时，他的视角之独特也令人刮目相看。后来，福斯特称与徐志摩的邂逅是'生平一大快事'。[①]

受在美国形成的社交思想的影响，在英国时期徐志摩也采取了不同的社交方式，他曾把一本老版的《唐诗别裁集》送给狄更生，还送给了他一个丝绸小帽，给罗素等人送了一些丝绸织物作礼物。后来成为著名文学批评家的瑞恰兹。在"多少年后，他还记得徐志摩当初在剑桥大学的形象：经常手持中国书画手卷，跟老师同学们高谈阔论；朋友满剑桥，特别是在国王学院，成了一个相当有名气的人物。当瑞恰兹、欧格敦、吴雅各三人写完《基础美学》一书时，请志摩用中文题写了'中庸'二字于书首以增光添彩"[②]。以至于后来有人说徐志摩是最善于与西方人交往的中国诗人。同样是从剑桥大

---

① 徐善曾.徐志摩与狄更生、罗素、曼斯菲尔德：离婚公案之外的剑桥岁月[EB/OL]. https://www.thepaper.cn/newsDetail_forward_2138389.
② 韩石山.徐志摩传[M].北京：人民文学出版社, 2010: 69-70.

学毕业，徐志摩在剑桥大学留下的痕迹要比陈源留下的痕迹鲜明得多。徐志摩留给别人的形象，带有典型的东方人的聪明与文雅。这不得不说，出生于人杰地灵的浙江硖石地区，又在杭州完成了自己的中学学业，在游历中一直与古代文化人进行精神对话的徐志摩，已经完全成为一个中国文的合格继承者。所以在英国剑桥大学读书，即使在英国那些聪颖的学生和有名气的教师面前，徐志摩还是展现了大国子民的风采。他在美国时，在日本人面前展现出的自傲自大，他知道这是一种装腔作势的做法。在英国，他完全处于灵魂自由的状态，不是他离了婚，也不是他遇到了聪明的林徽因，而是他摆脱了自己精神上不能独立、人生道路不能自主、一直由家里安排的郁闷。受孝道思想和与家人亲密感情的影响，徐志摩曾觉得应该听从家人的安排，和家人保持良好的关系。但对他这样聪明的灵魂来说，最重要的还是灵魂的自由、发自内心地对美的追求、对自由的渴望、对光明未来的渴盼和呼喊。因为没有实物旁证，我们很难确定手"拿书卷与人高谈阔论"时徐志摩手里拿的书卷是真品还是复制品。在狄更生的影响下，他重新发现了中国文化的美，精神上获得了完全的自信；在罗素的影响下，他获得了展现自我的勇气，敢于在人前侃侃而谈，展现东方文明给予他的智力上的聪慧和灵魂上的活泼。在英国的生活使他摆脱了弱国子民的自卑心理，摆脱了在西方人前的卑微，在日本人面前故意自大——这样的弱国子民畸形变态的行为是从被社会权力影响下的状态中跳出来，以纯粹个体在艺术的影响下展现灵魂美、展现精神力量，展现一个现代人追求自我的正确方式。

1922年7月，徐志摩在汉普斯特德（Hampstead）拜访了曼斯菲尔德。那时，曼斯菲尔德罹患肺结核，将不久于人世，因此他们仅仅交流了短短的20分钟。后来，徐志摩称他们的相晤为"二十分不死的时间"。他们探讨了韦利和艾米·洛威尔（Amy Lowell）翻译的中国诗歌，也讨论了徐志摩最钟情的几位英国作家。徐志摩还提到他回国的计划，曼斯菲尔德劝诫他远离中国政坛，明哲保身。和曼斯菲尔德的交流对他的诗歌创作启迪颇多。

六个月之后，曼斯菲尔德香消玉殒，徐志摩悲痛之余，先后翻译了八篇她的短篇小说，向中国读者介绍这位才女，并写了一首挽歌《哀曼殊斐尔》。兹节录如下：

> 古罗马的郊外有座墓园，
> 静偃着百年前客殡的诗骸；
> 百年后海岱士黑辇的车轮，
> 又喧响在芳丹卜罗的青林边。
> 说宇宙是无情的机械，
> 为甚明灯似的理想闪耀在前？
> 说造化是真善美之表现，
> 为甚五彩虹不常住天边？
> 我与你虽仅一度相见——
> 但那二十分不死的时间！
> 谁能信你那仙姿灵态，
> 竟已朝露似的永别人间？

正是在这一时期（在正式拜见曼殊斐尔之前），1921年11月，24岁的徐志摩创作了他人生中的第一首正式的诗歌——《草上的露珠儿》。在诗中，他写道：

> 诗人哟！
> 你是时代精神的先觉者哟！
> 你是思想艺术的集成者哟！
> 你是人天之际的创造者哟！
> 你资材是河海风云，
> 鸟兽花草神鬼蝇蚊，
> 一言以蔽之：天文地文人文。①

笔者以前在研读法国文学时经常会感叹，法国作家和中国作家在精神上

---

① 徐善曾. 徐志摩与狄更生、罗素、曼斯菲尔德：离婚公案之外的剑桥岁月[EB/OL]. https://www.thepaper.cn/newsDetail_forward_2138389.

的高度相似性，那种文明古国子民的幽默和优雅，简直如出一辙。而在研读徐志摩这一段文学经历时，我们发现了英国和中国文化上的情缘。作为亚洲和欧洲这两个文明常盛地区的代表，二者在精神和文化上有许多相似之处，有许多我们难以找到根源的、精神上的共鸣和在现代人精神世界中隐约的竞争。我们要庆幸的是，我们每一个人都有对美的共同追求，拥有在艺术自由的影响下不懈地追求光明的勇气，这是中国和欧洲共有的精神资源。

第二章　艺术才华与社会需求的互动

　　1922年8月徐志摩突然决定回国，一般猜测他是为了找回与林徽因的感情。就在这年的上半年，徐志摩刚由特别生转为剑桥大学王家学院的正式研究生，继续学下去，拿到博士该不是难事。当年哥伦比亚大学的博士头衔，徐志摩轻易地放弃了，而这回剑桥大学王家学院的博士，也这么毫不珍惜地放弃了。徐志摩说过，他这一生的周折，大都寻得出感情的线索。这次突然回国的感情线索是什么呢？——林徽因。回国之后他发表了一首长诗《康桥再会吧》。这首诗很奇怪，奇怪到不太像一首诗，所以第一次发表时是按照散文格式排版的，所以作者向出版社特意要求重新排版一次，结果却给陈梦家这样的年轻诗人留下了深刻的印象，以至于在他们的头脑中印下了"徐志摩"这样一个诗人的名字。另外，这首诗很怪，因为字句特别沉重。"你我相知虽迟，然这一年中/我心灵革命的怒潮，尽冲泻/在你妩媚河身的两岸"。这样沉重黏滞的字句，与徐志摩之后的诗风差别太大。

　　胡适在自己的日记中曾经摘录了一段徐志摩的《康桥日记》片段。

　　"大约七十年前，马考莱在他的日记里有这样一段心得：
　　　修辞行文，畅达其意，何其重要，可是这一艺术观现在却鲜被研习！一般作家除我自己之外，对此甚至想也不想。相反，许多作家执笔写作，似乎一意晦涩其文。诚然，在某种意义上讲，他们这样做不无道理，因为多数读者把晦涩认作高深，视明晰为浅陋。可是放开胆子，想一想公元2850年的情形。那时你的爱默生会被束之高阁吧？然而，希罗多德仍然会有读者爱不释手。我们也需尽其所能，使我们的作品流布后世。"①

在剑桥大学读书期间，徐志摩已经充分认识到了修辞的重要性，对文字的简洁明了、文字的通顺畅达，有了自觉意识。我们翻开他的日记，即使他中学时期日记的文字水平，也明显超过《康桥再会吧》。我们可以做如下两个推测，第一是徐志摩在写这首诗时并没有有意识地把自己塑造成为一个诗人，或者说这时他对是否应该成为一个诗人仍心怀犹豫；第二是在写这首诗时，他真的像别人推测的那样处于矛盾状态中，虽然已经与张幼仪签署了离婚协议，但能否真正离婚、能否找回自己与林徽因的感情，回到国内之后能否像在剑桥大学那样可以自由自在地生活、勇敢地表达自己，把自己的生活塑造得像诗歌一样美好，对自己勾画的未来生活蓝图，他也充满了犹豫和怀疑。正是因为对未来的不确定性，使得他在写这首诗时充满了犹豫，水平大降，或者说他还没有明确现代白话诗的形式，写诗如写古体文，像写八股文一样去写诗，依靠文字的节奏和韵律抒发感情。所以如果把这首诗像散文那样排版，像阅读明清小品文一样来阅读，音韵和节奏将会更和谐，阅读的效果也会更美，尤其是公开朗诵时。所以笔者认为，在回国之前，徐志摩对自己未来的人生道路并没有明确的计划，甚至可以说是应该成为一个诗人还是成为一个学者？也许他认为应该倾向于后者，成为一个学者。

第一节 人生困局

1922年10月15日，在离家四年之后，经过美国和英国的四年留学生活，在家人的期盼中徐志摩乘坐轮船到达上海港口，迎接他的是四年不见的严父徐申如先生。对徐志摩来说，回国可能只是一个短暂的假期，完成他想做的事情之后，他还是要回英国剑桥国王学院，继续自己的学业。他还想在狄更

---

① 韩石山. 徐志摩传［M］. 北京：人民文学出版社，2010：72.

生和罗素精神的感召下,像林徽因所说在艺术和学校生活的庇护下,再过几年精神上极度自由的生活,待意识更加成熟和独立、学问增长得更加丰厚坚实、充满砥砺与活力之后,才结束自己的青年生活,回国报效祖国和社会,成就一番伟业。对徐家来说,徐志摩的归来也是一个烦恼的开始,怎么解决徐志摩和张幼仪的离婚,是徐申如的头等大事。因为在当时社会变革初起的情况下,离婚还是一件大事,在年轻人尚在为自由恋爱争取权利的时候,徐志摩已经开始为寻找满意的伴侣而企图再次出发,勇敢地走出婚姻的围城,给自己创造一个再次选择伴侣的机会。对中国社会来说,这是一把双刃剑,既是一个诱惑,也是一个危险。一个叛逆者在社会中的命运,将决定社会发展的方向。叛逆者获得了意想的幸福,整个社会将按照叛逆者指引的方向发展,叛逆者就会变成精神自由的领袖。如果叛逆者失败了,而且生活处于颠沛流离的悲惨中,社会将按照既有的规则继续前行。对这些情况徐申如都了如指掌,他既为儿子的前途担忧,也为自己家的具体情况犯愁。回家之后,在祖母和母亲的溺爱和包庇下,徐志摩天大的错都可以被原谅,最后要承担社会责任的,是到港口迎接他的已经白发苍苍的父亲徐申如。

一、尝试与失败

回到家乡后徐志摩的生活又开始繁忙而枯燥起来。离婚风使波他的父亲为他做了最大程度的努力。和徐志摩离婚的张幼仪并没有离开徐家,以徐申如养女的身份,和他们的儿子阿欢可以分得1/3的家产,以后如若改嫁,可以任其意买一份嫁妆,剩下的钱就归他们的儿子阿欢所有。徐志摩能保持赤子之心,能在世俗的生活中任意云游,是靠着祖母和母亲的溺爱和父亲最大限度的宽容才得以实现的。徐志摩回家安顿之后就陪着祖母去普陀山烧香。"普陀犹如苍龙卧海,在空寂的蓝天之下,呈现出虚实难辨的水天蜃楼之境,非常神秘。有各式香客四聚而来,在佛殿前熙熙攘攘。他看着年迈的祖母跪在空门无涯的蒲团之上,竟虔诚如剔透婴孩,她口中念念相求慈悲为怀的观音大士,能赐徐家香火延绵,家业兴旺,能保佑她孙儿前程似锦,福寿永年。他亦陪同父亲去南京参加承贤学舍的讲学活动。该学舍是当时国内佛经的最高学府,由佛学大师欧阳竟无先生主持,吸引了来自全国各地的学者。"①

徐志摩这次突然提前回国,还有一个原因是梁启超要开始自己的中国文艺复兴计划。"1921年12月11日,舒新成在给梁启超的信中说:'在外面考察教育、物色人物,在开学前将一切应办之事概行办妥,先期通告学生……则可以中国公学委城、南陔、东苏办理,君劢则分在南开讲演,公则在南京讲演(最好请百里在东南大学设自由讲座),如此鼎足而三,举足可以左右中国文化,五年后吾党将遍中国,岂再如今日之长此无人也。'梁启超在《致百里东苏新城三公书》中说:'志摩大约(公权言)不能速归,博生、为蕃、品今三人不审有能归者否?'知不能速归,可见是通了声气的;不能速归,总是可以归的,到第二年10月不就归来了吗?"②

由此可知,徐志摩突然从英国回到国内,一方面固然有情感上的牵绊,希望离婚后能赢得林徽因的芳心;另一方面也有师生情谊的影响,梁启超的中华文艺复兴计划,工作繁复、急需人手,徐志摩没有推辞的理由,而且这一工程对有志于从事文艺事业的徐志摩来说,也具有极大的吸引力,他终于可以取得父母同意来从事自己喜爱的文化事业。梁启超的文艺复兴计划是切切实实地影响于中国的青年人,是能影响未来中国文化建设成败的文化战略。这样宏伟的事业,对爱热闹、好奇心强烈的徐志摩有着莫大的吸引力。他从小就爱读那些有志于改变中国发展方向的年轻志士创作的诗歌,到美国留学又学习了一套社会建设的理论,到英国在狄更生和罗素的影响下,对整个中国文化有了深入的反思,在徐志摩看来,这些都是为承担中国文艺复兴计划的责任而做的准备。这时徐志摩对自己的知识和见解充满自信,毕竟能时时和罗素互通书信,等于得到了英国乃至全世界最精英的知识分子的认可,让徐志摩产生出对中国问题的分析和见解已经达到相当水准的自信,即使罗素不完全同意他的观点,也应该不会认为他的观点愚蠢,那么这些观点在当时的中国应该是一流水平的了。这是徐志摩对自己知识和研究水平自信的来源。

① 凌小夕. 爱你是心底开出的花: 徐志摩传[M]. 南京: 江苏凤凰文艺出版社, 2017: 96.
② 韩石山. 徐志摩传[M]. 北京: 人民文学出版社, 2010: 76.

陪父亲听欧阳竟无的佛经讲学，让对佛经毫无兴趣的徐志摩苦不堪言。因为他从小就反对宗教救国的思想，何况听佛经还需早起，这对一直懒散、喜欢晚睡晚起的徐志摩来说更是难受。如果不是为了陪父亲，他肯定早就逃之夭夭了。梁启超对佛学也很感兴趣，正好这时他也在南京讲学，课暇之余他也过来听欧阳大师的讲学，这使得徐志摩不但不能逃之夭夭，还要常常陪在父亲和梁启超的身边，一个是自己尊敬的父亲，一个是自己尊敬的授业恩师，而对着自己毫无兴趣的佛经讲学，徐志摩还是忍不住要偷偷逃课，拿一些佛经回去翻阅聊以塞责。

这段时间徐志摩完成一篇论文，题目是《罗素与中国——读罗素〈中国问题〉》。"落款是11月17日。大概写完论文就离开了南京，要不22日梁启超因醉酒患病，他在跟前不会不有所表现。"[①] "就在此时，海外归来的徐志摩收到了清华大学文学社的邀请。"[②]

徐志摩"他回国后参与的第一次社会活动，就是被清华文学社邀请去演讲。显然，这个时候的徐志摩已经被视为'名家'了，至少在清华文学社的梁实秋他们眼里，他就是名家。之所以如此，一来徐志摩是梁启超的大弟子——不是什么人都能拜师梁任公的；二来徐志摩是留洋硕士——既是哥伦比亚大学的硕士，又是剑桥国王学院的高才生；三来徐志摩为追求自由和真爱，不理世俗，大胆地毅然决然地'抛弃'结发妻子的行为，使他名声大噪；四来徐志摩创作了大量新诗，以其特有的自由排列的形式，以及浓得化不开的情感和奔涌飞扬的激情，使他迅速引起文坛前辈的关注和文学新人的景仰。简单地说，此时的徐志摩，才名满天下。因此，清华学子们都极想一睹他的风采。"[③] 其实，与其说这时徐志摩才名满天下，不如说这时的徐志摩带着哥伦比亚大学硕士的光环，和英国剑桥大学国王学院高才生的光环，和英国著名思想家罗素认可的中国朋友的神圣光环，更重要的是他勇敢地和结发妻子张幼仪离婚，不但登报声明，而且在旁边附了一首诗——这样浪漫新式青年的光环，对年轻人充满魅惑，徐志摩此时

---

① 韩石山. 徐志摩传[M]. 北京：人民文学出版社，2010：78.
② 凌小夕. 爱你是心底开出的花：徐志摩传[M]. 南京：江苏凤凰文艺出版社，2017：97.
③ 李伶伶. 摇晃的梦想：徐志摩和新月诗人[M]. 合肥：黄山书社，2017：3.

是一个充满了神秘色彩的新式青年。

出面邀请徐志摩的不是梁实秋,而是梁启超的儿子梁思成,因此可以说,这时徐志摩离开南京来到北京,有了再次与林徽因相见的机遇,促成者竟然是日后林徽因的丈夫梁思成。当然对梁思成来说,邀请徐志摩到清华大学发表演讲,是对于文化事业大有裨益的事情,也可以把这次演讲视之为梁启超中华文化复兴计划的子项目。因此我们可以说梁思成邀请徐志摩到清华演讲完全出于公心,也是他支持父亲文化建设计划的一个证明。后来梁思成专攻建筑,考察和记录了许多古寺庙的建筑,为保留中国古建筑技术留下了许多第一手资料。

"这次演讲是日后新月社两位主将徐志摩和梁实秋的第一次见面。梁实秋用'飘然而至'形容徐志摩的到来。这个词的确很符合诗人的气质。他白白的面孔,长长的脸,鼻子很大,下巴很长,穿着一件绸夹袍,外面是一件小背心,缀着几粒闪着金光的纽扣,脚上是一双黑缎鞋,尽显文质彬彬和潇洒神态。清华小礼堂里挤满了慕名而来的学生,人数不比听周作人的少,黑压压一片。梁实秋说得不错,与其说他们是听众,不如说他们是观众——大多数人都是为'看'而来。"[1]走上讲台的徐志摩更加旁若无人,他坚持用剑桥大学的方式发表演讲,丝毫不顾及国内听众的水平,也不顾及中国演讲的惯例。在讲台坐定之后,他从怀里拿出一卷稿纸,"大约有六七张,用打字机打好的,全英文的,然后坐了下来,环顾了一周后,准备开讲"。中国观众认为演讲就应该具有现场发挥的特点,应该是脱稿的,以观众为中心,时刻和观众保持交流。但是徐志摩坚持英国的演讲方式,是以作者为中心的,他的目的不是为了与观众进行交流,而是向观众宣扬自己的研究心得,演讲不是为了取悦于观众,而是为了发表演讲者的思想和研究成果。中国人更喜欢演讲活泼有趣,而英国人更重视演讲内容的深度。因此徐志摩这一次演讲,又给大家一个新奇的印象,原来演讲可以不顾及观众,不用坚持活泼有趣,不怕枯燥和晦涩,而且全用英文演讲,在当时的中国确实有标新立异、哗众取宠之感。但是观众和演讲者应该是平等的,演讲者抛弃了观众,观众也就可以排斥演讲者。因此徐志摩的演讲刚开始就有人退场,"虽然他

---

[1] 李伶伶.摇晃的梦想:徐志摩和新月诗人[M].合肥:黄山书社,2017: 4.

的口齿较周作人伶俐，乡音也不像周作人那么浊重，声音也够洪亮，但大多数人听不太明白。就连梁实秋也自认'没有听懂他读的是什么'。徐志摩却沉浸在自己的世界中自我陶醉，尽管他坚持宣读，但语调变得夸张，手势也多了起来，表情更加丰富。于是，演讲显得有趣起来。但是这个'有趣'，并非演讲本身，而是外在形式。当然，这样的有趣终究没有办法改变演讲失败的命运"①。

二、探索与痛苦

演讲虽然失败了，但幸运的是演讲稿被创造社在上海创办的《创造》季刊采用，"郁大夫给创造社元老之一的成仿吾写信说，'贵社诸贤向往已久，在海外每厌新著浅陋，及见沫若诗，始惊华族潜灵，斐然竟露。今识君等，益喜同志有人，敢不竭驽相随，共辟新土。' 当时的创造者，有诗人郭沫若在，也有徐志摩的老同学郁达夫。很快，徐志摩就与他们融洽地相处在了一起，希望能为文学与艺术共辟新天地。"②双方的融洽没有保持多久，毕竟双方志趣不合，交往也日益疏远起来，即使有郁达夫做桥梁，双方也没有成为真正的朋友，只能算是文艺事业的同路人。徐志摩给成仿吾写信的时间是1923年3月21日，而1923年5月6日，他在《努力周报》第51期刊出了一篇文艺随笔——《坏诗，假诗，形似诗》，在这篇文章中他批评了"泪浪滔滔"这样虚假的诗歌修辞。徐志摩认为，一个诗人只是重访了他的故居，时隔不过几个月，看到以前的卧榻书桌，看看窗外的云光水色，不觉大大地伤感，就禁不住泪浪滔滔。虽然作诗的人多少不免感情发达，诗人的眼泪比女人的眼泪更不值钱，但每次流泪至少总得有个相当的缘由，即使踩死了一只蚂蚁，也不失为一个伤心的理由。但这位诗人回到他三月前的故居，这三个月内也不曾经过重大的变迁，他就是感情强烈？就是眼泪充足？"也何至于像海浪一样的滔滔而来？"郭沫若的诗题是《重过旧居》，写他从上海返回日本，迁居之后，重返旧居时的感慨。郭沫若写出之后先抄了一份给

---
① 李伶伶. 摇晃的梦想：徐志摩和新月诗人[M]. 合肥：黄山书社，2017：4-5.
② 凌小夕. 爱你是心底开出的花：徐志摩传[M]. 南京：江苏凤凰文艺出版社，2017：102-103.

田汉，后来在《创造季刊》第一卷第一期上发表，其中有"我禁不住泪浪滔滔"的字眼。徐志摩的文章发表之后，创造社的洪为法于5月13日给郭沫若写信告知此事，郭沫若当然很愤怒，立即写信告知成仿吾。成仿吾是创作社中专事文学批评的，年轻气盛，正四处寻找攻击的靶子，他对鲁迅的批评就引起了强烈反响，鲁迅还曾经和他开了一个不大不小的玩笑。这时成仿吾知道徐志摩做出这样的事情之后，认为表面上徐志摩恭维创造社，却在背后冷枪暗箭，即使想批评郭沫若，也没有公开体系化地提出自己的学术观点，只是话里话外夹枪带棒地冷嘲热讽，这对创造社来说是最大的侮辱。徐志摩认为自己写这样的批评只是朋友间的讨论，仔细观察他和陈源及梁实秋等人的互动可知，公开发表文章对别人的创作提出意见，尤其是自己朋友作品的意见，在徐志摩这里是并不多见的。因此徐志摩说自己这篇文章的目的是朋友式地讨论，明显是自欺欺人，就是不同意对方的文艺观点，还不敢公开地进行批评，用不提名字的方式希望蒙混过关。应该说徐志摩第一次在文坛冲突中的表现并不完美，反而显得有些龌龊。所以成仿吾在《创造周报》上发表了"通信四则"，两封是徐志摩的信，一封是洪为法的信，一封是他给徐志摩写的绝交信。"你一方面与我们周旋，暗暗里却向我们射冷箭，志摩兄！我不想人之虚伪，一至于此！我由你的文章，知道你的用意，全在攻击沫若和那句诗，全在侮辱沫若的人格……别来一无长进，只是越穷越硬，差堪告慰。"①对创造社诸君来说，胡适与他们的关系天然地就处于对立，徐志摩和胡适经常密切互动，更是在和胡适闲谈的时候提到了"泪浪滔滔"，这更让创造社这些人难以接受。我们知道徐志摩出身富豪之家，不能切身理解创造社成员面临的经济压力。徐志摩从来不知道经济压力为何物，不知道创造社在打开市场的过程中，需要的是正面的颂扬，是向读者介绍和认可他们的文学成绩，以扩大他们在读者中的影响，进而增加他们的书籍和杂志的销路，而不是公开地批评，即使是善意的朋友式地讨论，也应该采取私下交流的方式，而不是公开的方式，这可能会影响他们的文坛地位，影响他们作品的销量。

当时《语丝》刚刚创刊，徐志摩也翻译了波特莱尔的诗集《恶之花》

---

① 韩石山. 徐志摩传[M]. 北京：人民文学出版社，2010：90-94.

中《死尸》并在《语丝》刊登。徐志摩还在题记中提到，音乐才是诗的真妙处，那些音节刺激着我们的灵魂。"我深信宇宙的底质，人生的底质，一切有形的事物与无形的思想的底质——只是音乐，绝妙的音乐。天上的星，水里泅的乳白鸭，树林里冒的烟，朋友的信，战场的炮，坟堆里的鬼磷，巷口那只石狮子，我昨夜的梦……无一不是音乐。你就把我送进疯人院去，我还是咬定牙根不认账。是的。都是音乐——庄周说的天籁地籁人籁；全是的。你听不着就该怨你自己的耳朵太笨，或是皮粗，别怨我。"这一段话，当然让鲁迅感觉非常不高兴。当晚他就挑灯夜读，越看越心堵，他觉得这样的文字狂妄虚浮，他便模仿徐志摩的语调，写了一篇特别的《"音乐"？》来回敬。"慈悲而残忍的金苍蝇，展开馥郁的安琪儿的黄翅……婀娜涟漪的天狼的香而秽恶的光明的利镞，射中了塌鼻阿牛的妖艳光滑蓬松而冰冷的秃头"。徐志摩连辩驳的力气都没有，两人毕竟还是气味不投。徐志摩优异的生长环境与求学中培养成的性灵自由思想，赋予了他独具魅力的绅士风度，这也使得他与社会底层脱节，他看不见炮火下的牺牲，也看不到"泪浪滔滔"背后的辛酸，他是为爱、为艺术歌唱的夜莺，追寻着缥渺的诗意与美，热情而疯狂地追求个体生命的极致。而鲁迅则是为社会为现实呐喊的斗士，坚持在创作中揭露底层的苦难与恶，内敛而深沉。鲁迅与徐志摩两人因差异大而无法彼此欣赏。虽然这段时期徐志摩收获了名气，收获了沉甸甸的友情，也发现了属于自己的文坛位置。①但是他不得不承认，他并不是一个受所有人欢迎的，更不是一个文学才华可以笼罩整个文坛的学界巨子。他得承认自己是一个新从国外回来的年轻文人，他甚至连自己的文风和最中意的文学体裁，还在思考和打磨的过程中。

1923年回老家硖石过完春节，徐志摩回北京路过上海，《时事新报·学灯》副刊的编辑柯一岑先生问他要稿子，他就打开一包书稿让对方挑选，结果选了一首诗——《康桥西野暮色》，诗前有一段小序："我常以为文字无论韵散的圈点并非绝对的必要。我们口里说笔上写得清利晓畅的时候，段落语气自然分明，何必多添枝叶去加点画。近来我们崇拜西洋了，非但现在做的文字都要循规蹈矩，就是无辜的圣经贤传红楼水浒，也叫一般无事忙的先

---

① 凌小夕. 爱你是心底开出的花：徐志摩传[M]. 南京：江苏凤凰文艺出版社，2017: 105-107.

生，支离宰割，这里添了几只勾，那边画上几只怕人的黑杠……你们不要以为我守旧，我至少比你们新些。"这段序文引起了轩然大波，很多人写文章和徐志摩商榷，更准确地说是向他提出批评意见。有人认为，徐志摩是否像西洋绅士们一样看古书，徐志摩是否看过没有加标点的圣经贤传？刚回国，正春风得意的徐志摩哪里受得了这个奚落，就给《晨报副刊》记者孙伏园写了一封公开信。"我相信我并不无条件的废弃圈点，至少我自己是实行圈点的一个人……至于一般的新圈点之应用，我又不发疯，我来反对干什么；我连女子参政自由恋爱社会主义都不反对那！"然后他提出《晨报·副刊》比较有文艺色彩，选稿时应该有一个标准，附会乃至凭空造谎都不碍事，只要有趣味，只要是美，这是编辑先生对于读者应负的责任。孙伏园非常不高兴，但徐志摩的稿子不管道理讲得如何，确实是好文章，即使有气也不得不发表。当然在这份公开信后面，他又附了一些自己的话，干脆利落地说徐志摩这样的说法是一厢情愿的便宜事情，使徐志摩又碰了一个不大不小的钉子。①

在胡适眼里，徐志摩是一个可爱的人，一身热情像一团火焰。在徐志摩眼中，胡适是一个温柔敦厚令人尊敬的师长，也是一个可以无话不谈的亲密伙伴。两个人对新诗都有兴趣，对政治也有共同的喜好。两人在哥伦比亚大学留学的时候，都担任了留学生会的一些职务，都对政治问题有自己的看法，虽然不免书生意气多一些。胡适曾经提出一个著名的"好人政府"设想，他认为政治改革的目标是确立好政府，政治改革的唯一功夫是号召好人们出来干政治，组织政党主持政府事务。后来他的"好人政府"居然实行了一小段时间，但是罗文干的被捕，使胡适认识到"好人政府"理论的不足，而徐志摩和胡适共同站出来支持蔡元培，站在正义公平、道义人格的立场对蔡元培的行为表示赞赏和支持，共同的立场又加深了两人的友谊。胡适与自己的妻子江冬秀感情并不和谐，他也曾经有过自己的隐秘恋人，徐志摩更是大张旗鼓地与自己的原配张幼仪离了婚，共同的人生经历使两人的感情更加深厚。应该说，在文坛的碰壁和共同的思想价值观、人生信念，使得胡适和徐志摩的关系越走越近，最后成为终其一生的亲密朋友。

---

① 韩石山. 徐志摩传[M]. 北京：人民文学出版社，2010：93-97.

三、磨炼与成长

  1923年的冬天,张君劢曾经想办一个刊物叫《理想》,向徐志摩要稿子,徐志摩就把《政治生活与王家三阿嫂》和另外两篇稿子一起交给了张君劢。徐志摩看张君劢征集的会员名字至少有四五十个,觉得《理想》应该能很快顺利出版,但是很久之后,《理想》还是没有出版,他怀疑只有他自己老实交了稿子。于是戏谑地说:"《理想》活该永远出不了版!"这种语言风格是徐志摩所特有的善意的戏谑,但对过程的叙述永远是流畅和简洁的,平淡无奇的故事在他的笔下,都充满了特有的味道,一种年轻、乐观、充满理想而又骄傲得毫不气馁的风格。"后来我看情形很不像样,所谓理想会员们都是放平在炉火前地毯上打呼的猫——我独自站在屋檐上竖起一根小尾巴生气也犯不着。"比喻得多么生动!虽然带有绅士的风格,而且有不食人间烟火的倾向。这种略带贵族风格的文字,是徐志摩最熟悉也最擅长的。后来他一次又一次向张君劢索要原稿:"我催他不作声,我逼他不开口。本来这几篇零星文字是一文不值的,这一来我倒反而舍不得拿回来。好容易,好容易,原稿奉还。"后来遇到另外的编辑向他约稿,他回去把自己的"古董校看了一遍,叹了一声气。这气叹得有道理。你想一年前英国政治是怎样,现在又是怎样;我写文章的时候迈克·唐诺尔德还不曾组阁,现在他已经退阁了;那时包尔温让人讥评得体无完肤,现在他又回来做老总了,他们两个人的进退并不怎样要紧,但他们个人代表的思想与政策却是可注意。麦克不仅有思想,也有理想;不仅有才干,也有胆量。他很想打破说谎的外交,建设真诚的国际友谊。他的理想也许就是他这回失败的原因,他对我们中国国民的诚意,就一件事就看出来了。庚子赔款委员会里面他特聘在野的两个名人,狄更生与罗素。这一点就够得上交情……赔款是英国人的钱;即使退给中国也只能算是英国人到中国来花钱;英国人的利益与势力首先要紧,英国人便宜了,中国人当然沾光,听说他们已经定了两种用途:一是扬子江流域的实业发展(铁路等等)及实业教育;一是传教。我们当然不胜感激涕零之至!亏他们替我们设想得这样周到!发展实业意思是饱暖我们的肉体,补助传道意思要饱暖我们的灵魂"。①在这篇文章中，徐志摩说，最理想的生活方式是像苏格拉底他们那样，凭他们创造社会与建筑政治的天才，借着地理与地势的便利，在现代欧美文明没有出现之前，在几千年前他们已经为未来人类的政治定下了一个最完善的模型——实行民主政治或"共和国"。他们创造了一种新的生活方式，艺术是他们的天性，政治是他们的本能，虽然他们的躯壳已经几度地成灰成泥，但是他们的精神，却像花岗石一样不可磨灭，像爱琴海上的风，永远含有鼓舞新生命的秘密。

  通过这篇文章我们可以挖掘出两个信息，第一是徐志摩是喜欢谈论政治问题，毕竟在美国留学的两年时间，他阅读的主要著作都是政治经济学方面的，并且作为克拉克大学一等荣誉学位获得者、哥伦比亚大学的硕士，他觉得自己有足够的学识谈论政治问题；第二，我们可以看到徐志摩对政治的理解是非常学术化的，或者说是书生论政，他关注的是树立一个高远的政治目标，古希腊时期的民主制度是他所服膺的，这种言必称希腊的方式和中国文人言必称三皇五帝的本质是相同的，都是有一个空想的目标，以目标为唯一的标准，对现实的政治是报以绝大的失望，这使他缺少实现自己政治理念的切实计划。不过这篇文章我们还可以看出徐志摩确实是一个写文章的高手，用他的话说就是一篇已经成为古董的文章，在他的广告下居然变成了好文章，似乎不读这篇文章，就不能了解庚子赔款与中国的关系。其实这篇文章和庚子赔款是没有直接关系的，他只是在讨论一个过去了的英国政治的形式，但是这篇文章也非常鲜明地体现出徐志摩关注日常生活的特点。虽然很多人说徐志摩高蹈于艺术之宫，追求纯粹的艺术美，对底层生活是缺乏认真的观察和真切的同情，这种观点对徐志摩是一个绝大的误解。虽然出生于富商之家，但是徐志摩对底层人的生活充满了同情，毕竟受过共产主义和空想社会主义思想的影响，也曾经到苏联去旅游考察过，也写了一系列的游记和观感性的文章。作为关注政治、经济和社会问题的研究生，他确实有足够的专业素养，也确实尽力去认真观察了底层人的生活现状和思想感情，从天然的感情和生活的体悟上，他确实缺乏与底层人心息相通的基础。所以这篇文章写得很漂亮，语言也非常流畅，专业知识也足够丰富，但是对中国急切需

---

① 蒋复璁、梁实秋编.徐志摩全集(第三卷)[M].北京：中央编译出版社，2014：31-32.

要的信息是没有直接透露的，也不能成为中国人认识庚子赔款委员会的借鉴，甚至不能融洽中国人和庚子赔款委员会之间的感情。

这篇文章里还有不经意的炫耀。了解他的人都知道狄更生和罗素与他关系紧密，现在两个人都是庚子赔款委员会里面的重要人物，徐志摩也可以"挟洋自重"，提高自己的社会地位和影响力。当然日后在与庚子赔款委员会交涉的过程中，梁启超、胡适等人都曾借助徐志摩与庚子赔款委员会建立了良好的合作关系，双方同意把一些钱实际投入到了北京教育界，徐志摩的桥梁作用是我们无法否认的。

徐志摩也曾经涉猎了革命问题。在《列宁祭日——谈革命》这篇文章中，他对列宁、对于中国革命前途的影响谈了一些自己的看法，也谈及当时中国共产党的发展现状。这篇文章的发表时间是1926年，从时间上已经超过了本书的论述范围，但是因为这个问题在当时比较时髦，也比较鲜明地体现出徐志摩不擅长谈论政治经济问题的原因，我们暂且它放在这里进行讨论。

在这篇文章中，徐志摩首先肯定了列宁在全世界革命中的影响，而且中国国内的国民革命运动也在一天天地高涨扩大，全国希望国民政府能普遍胜利，这些重要事件都是列宁主义在俄国取得了胜利后它的影响所促成的，在这一重要事件中，尤其重要的是工农阶级表现出了它领导国民革命的力量。我们不得不承认徐志摩看问题的角度与众不同，深度也与众不同，这个判断深刻地体现了他的专业素养对他认识问题的高度和深度所起的重要作用。时隔80年以后的今天，我们可以明晰地认识到北伐战争中工农阶级和它的领导力量——中国共产党所起的重要作用，但是在当时能认识到这一现象，并把它简洁扼要地讲述清楚的，徐志摩还真是中立派中少有的、并且以不偏不倚的态度，把它公开地表述出来。这是徐志摩坚持以真诚的态度写作的创作理念的具体体现。

当然，徐志摩是不会止步于简单地论述共产党及其领导的工农阶级在北伐战争中的重要作用，徐志摩的政治立场是超阶级和超党派的，他的目标是建立真正的现代社会，塑造出真正的现代人类。他说："我们不来争功。睡梦是可怕的，昏迷是可怕的；我们要的是觉悟，是警醒我们的势力。不论是谁，不论是什么力量，只要他能替我们移去压住我们灵性的一块昏沉，能给我们一种新的自我的意识,能启发我们潜伏的天才与力量来做真的创造的工作,建设真的人的生活与活的文化——不论是谁,我们说,我们都拜倒。"①这个态度是鲜明而不偏不倚的,它并不局限于一个党派,一个阶级,只要有利于人的现代化和现代社会的建立,就应该成为我们信奉和支持的力量。"但觉悟只是一个微妙的开端:一个花籽在春雷动后在泥土里的坼裂:离着有收成的日子,离着花艳艳果垂垂的日子正还远着哪。"②所以越是在这个觉悟开始的时候,我们越是要明白,以后可能的是半途的摧残,危险多的是,谁都不能在这最紧要的关头存一丝放任。我们都知道在这篇文章发表不到半年,在全国发生了国民党的"清党"和在上海地区解除工人纠察队武装的反革命事件,就是徐志摩所看到的半途的摧残,就是革命过程中众多的危险之一,这是我们不能掉以轻心的重要原因。

为了解决革命过程中存在的众多危险,在徐志摩看来,我们首先要做的"是认识你自己"。他说:"别看这句话说着容易,这是所有个人努力与民族努力唯一的最后的目标,这是终点,不是起点,这是最后一点甘露,实现玫瑰花的色香的神秘。"③耶稣、释迦牟尼、苏格拉底和诗人歌德,"但这少数人曾经走到或是走近那境界的事实,已经足够建设一个人类努力永久的灵感,在这流动的生的现象里悬着一个不变更不晦色的目标"④。虽然马克思发现了阶级的存在,把意识论从个人层面提升到了阶级层面,虽然阶级会分成压迫的与被压迫的两种,而且两者永远是在一种战争的状态,无论是有形或者是无形的,这个阶级是普遍存在的,是超越国别和种族的。徐志摩认为,俄国是唯一实现马克思主义的国家,因为俄国没有中产阶级的事实是它能成功的最重要原因。至于中国,阶级的绝对性更说不上,我们只有职业的阶级即市农工商,而且是流动的,没有固定性。所以在讨论了陈毅提出的观点之后,徐志摩总结说:"有革命觉悟的,不问他的来源是莫斯科或是孙文学说或是自己的灵府,总是应得奖励的,总比混在麻木的生活里过日子强的

---

① 蒋复璁、梁实秋编. 徐志摩全集(第三卷)[M]. 北京:中央编译出版社,2014: 48.
② 蒋复璁、梁实秋编. 徐志摩全集(第三卷)[M]. 北京:中央编译出版社,2014: 48.
③ 蒋复璁、梁实秋编. 徐志摩全集(第三卷)[M]. 北京:中央编译出版社,2014: 48.
④ 蒋复璁、梁实秋编. 徐志摩全集(第三卷)[M]. 北京:中央编译出版社,2014: 48.

多。"①徐志摩知道自己是一个"不可教训"的个人主义者,只知道个人,只认得清个人,只信得过个人,而且他认为民主的意义只是普遍的个人主义,我们需要风雪雨。一切摧醒生命的势力,不要狂风暴雨。他认定了个人主义这一个不热闹的"小径",并且坚定地走下去。他害怕列宁,因为列宁有特强的意志力,列宁"不承认他的思想有错误的机会;铁不仅是他的手,他的心也是的。他是一个理想的党魁,有思想、有手段、有决断。他是一个制警句编口号的圣手;他的话里有魔力。这就是他的危险性。他的议论往往是太权宜……他的确有可惊的驾驭革命的能力,但他的决不是万应散"②。徐志摩说:"过分相信政治学的危险,不比过分相信宗教的危险小。"所以"这不是闹着玩的事情,不比趁热闹弄弄水弄弄火捣些小乱子,这些是不在乎的"③。我们可以看出徐志摩为什么在政治上不能写出震动人心的文章,不仅是因为他坚持的个人主义他在政治领域缺乏实际意义而变得平凡、无魅力,也因为现代政治是集体的力量争取话语权的竞争,是需要团结一部分政党同志进行革命的实践,个人主义就像堂·吉诃德一样,虽然可爱,但是会被人嗤之以鼻。所以徐志摩在写政治方面的文章时,免不了要把自己的写作技巧运用到文章中,但对政治性文章来说,更重要的不是文学的技巧,而是对人心理的把握,是有深邃的目光和铁一般的意志,还得像列宁一样有号召力,有鼓动群众的特殊魅力,才能写出高水平的政治文章。与政治的残酷和现实需要的急迫相比,善于写文章的徐志摩写出的技巧感十足的文章,在政治学领域反而变得像花拳绣腿一样,仅仅高呼人的性灵和艺术的美,是不能解决社会领域的现实问题的,也影响了徐志摩在政治学领域进行深入的研究、发现真问题、提出切实可行的解决方案的能力。

---

① 蒋复璁、梁实秋编. 徐志摩全集(第三卷)[M]. 北京:中央编译出版社,2014:51.
② 蒋复璁、梁实秋编. 徐志摩全集(第三卷)[M]. 北京:中央编译出版社,2014:52.
③ 蒋复璁、梁实秋编. 徐志摩全集(第三卷)[M]. 北京:中央编译出版社,2014:52.

第二节　成名的代价

1923年7月，在梁启超的安排下，徐志摩在位于北京西单牌楼石虎胡同7号的松坡图书馆英文部谋到了一个英文干事的差事。这个差事对徐志摩来说是轻松加愉快的，以他的天资聪颖和在美国及欧洲的四年切实的游历，他的英文水平远远超出一个英文部干事的需要。可能是因为一时找不到更好的机会，他已经醉心于文学，而他拿到的学位与文学无关，虽然有在剑桥国王学院学习的经历，因为没有文凭，他无法在高校获得教职，所以他只能屈就这么一个差事。

如果说这个差事有特殊意义的话，就是此时梁思成和林徽因正在谈恋爱，他们两个经常在松坡图书馆约会，徐志摩借着这个机会经常参与二人的约会，以至于后来梁思成恼羞成怒，在门上贴了一个纸条，纸条上写着"lovers want to be left alone"，具有绅士风度的徐志摩，看到这个纸条也只能徒叹奈何，只能眼瞅着林徽因和梁思成日益亲热，恢复独身的徐志摩也没有办法去公开追求林徽因。之前他曾经给林徽因写过一封英文信，我们可以推测信的内容是热烈地追求林徽因，以徐志摩的个性是不厌其烦表达自己强烈的感情的。出面与徐志摩谈话的是林长民，他既是林徽因的父亲，也是梁启超的学生，和徐志摩也算是忘年交，由林长民出面拒绝徐志摩，代表着林徽因和整个家族对徐志摩的态度，也就意味着他和林徽因的感情正式结束。

天生不甘寂寞的徐志摩并没有就此消沉，他仿照着欧美留学会的形式，组织了一个聚餐会。其实在美国留学期间，徐志摩对学生聚会结社就有了丰富的经验，"学生中秘密结社，风盛一时。现在最著名者如'插白'及诚社之变形……泽宣屡次谈天，总愤愤不满于此类团体，而致疑于余之有所属。初不料其自身亦此道中人也。"[①]这个聚餐会以石虎胡同7号为根据地，由徐申如和黄子美垫资，聚餐会正式成立。在聚餐会正式成立之前，徐志摩还

---

① 虞坤林编. 志摩日记新编[M]. 杭州: 浙江人民美术出版社, 2017: 156.

曾经加入了文学研究会。不过这时的文学研究会已经不是成立时的样子，随着越来越多成员的加入，它本身所带有的浓郁的周作人风格的研究文学与人生的特色已经消褪不少，那时它更像一个纯粹的文学组织。这时文学研究会的入会程序已经变得松散，像冰心就是在郑振铎等人的介绍下自动加入了文学研究会的。而徐志摩也能加入文学研究会，更可看出文学研究会组织程序的散漫，他的性灵倾向的文学主张，与文学会研究人生的现实主义倾向截然不同。但是徐志摩能加入文学研究会，对这个组织来说，一个著名的年轻人的加入，对扩大它的影响是有好处的，但从一个组织的严密性和宗旨的纯粹性来看，这样的选择不啻是对自己风格的背叛。思想倾向的混乱，宗旨的不纯粹，会导致一个文学组织的衰落。所以徐志摩加入文学研究会之后，文学研究会就失去了存在的意义，或者说在此之前它可能就名存实亡，才会接受徐志摩这样的会员加入。徐志摩的名声虽然很大，但对文学组织本身没有实际效果，对徐志摩来说也不是锦上添花的事情，与没有实际效果地加入文学研究会相比，聚餐会的影响越来越大。首先聚餐会有自己的精神领袖，因为胡适的加入对聚餐会有特殊的意义。在胡适的倡议和徐志摩的组织下，聚餐会除了聚餐之外，也在吃喝之余诵诗作画、浅吟低唱。刚从英国回来的徐志摩，在狄更生的影响下，重新发现了东方文化的美和趣味，此时的他对传统文化非常热衷，对传统戏曲和现代话剧充满了同样的兴趣，他又将聚餐会称为双星社。这时徐志摩虽然在情感上跌入了低谷，但在仕途上开始有了蓬勃兴旺的发达迹象，一个以他为核心的小圈子在逐渐形成，他终于从文坛的新人变成了一个具有实际影响力的文坛领袖。

一、标签与拒绝

从担任英文干事开始，徐志摩逐渐稳固了自己在文化界的位置，不再是一个莽撞的新人拿着自己的书稿四处乱投，他也开始明确自己的朋友圈和文化圈的边界，虽然他不知道为何鲁迅不喜欢自己，但他终于开始理解文化的趣味会影响人与人之间的关系，大家不再因为同是中国人就可以团结起来。当年他在英国剑桥大学读书遇到陈源的时候，两个人很自然地就成为了朋友，因为在剑桥大学里面遇到中国学生的概率太低，情感上就天然亲近。回到国内之后，在中国人群体中，即使喜爱交朋友的徐志摩，也不能使所有人都成为他的朋友，尤其是中国文化人的敏感和多疑，在文化界独立发展程度尚浅的时候，文化人对自己在文坛的位置会更加敏感和渴求，因此文化人之间的关系非常脆弱。所以徐志摩不再轻易地公开批评别人的作品，以免再发生像与创造社那样的不愉快事件，他也不再轻易地乱投稿件，以免再发生像与鲁迅那样的不愉快事件。这时的徐志摩更加成熟稳重，他开始发挥自己善于组织的特长。在北京组织聚餐会只是他计划的开始，他有着更远大的抱负，但在机会来临之前，他又善于隐忍、等待时机，利用北京既有的便利条件，逐步加深自己对传统文化和传统艺术的理解。

这时他的祖母去世，他回到了硖石，生活的巨变使他从快乐变成了忧愁，一直到祖母"三七"之后，家里的气氛才开始从沉闷转成活泼。首先是徐志摩的父亲徐申如先生感觉生活过于沉闷，让人把游船收拾干净，找了叔薇兄弟等一群人，一直开到东山背后，看了电灯厂方才回家。那天是近期少有愉快的日子。徐志摩在水面上找到了两片枫叶。寻红叶是一件韵事，但在菱塘里买鲜菱吃，味道鲜美异常，更是俗而且雅的事。徐志摩还带了几个嫩青的给他妈妈，她也说好吃。一直爱赏月的徐志摩在八月十五的晚上赏了一晚的乌云，他心酸得比哭更难过。后来月亮升起，他喜欢得大叫起来，使他最痛快的，是这失望中的满意。"满天的乌云，我原来已经抵拼拿雨来换月，拿抑塞来换光明，我抵拼喝他一个醉，回头到梦里去访中秋，寻团圆——梦里甚么都有的。"① 这次游玩唯一的意外惊喜是"坐在九曲桥上谈天，讲起湖上的对联，骂了康圣人一顿。后来走过去在桥上发现有三个人坐着谈话，几上放着茶碗。我正想对仲坚说他们倒有意思，那位老翁涩重的语音听来很熟，定眼看时，原来他就是康大圣人"②。

在西湖游玩这段时间，徐志摩用杭州土白写了一首诗，后来这首诗以题为《再不见雷峰》收入他第二部诗集《翡冷翠的一夜》，从日记中提供的初稿和后来发表稿相比，这首诗后来做了大的修改。

---

① 虞坤林编. 志摩日记新编[M]. 杭州：浙江人民美术出版社，2017：175.
② 虞坤林编. 志摩日记新编[M]. 杭州：浙江人民美术出版社，2017：176.

初稿内容是这样的：

> 那首是白娘娘的古墓，
> （划船的手指着蔓草深处）
> 客人，你知道西湖上的佳话，
> 白娘娘是个多情的妖魔。
> 她为了多情，反而受苦——
> 爱了个没出息的许仙，她的情夫；
> 他听信一个和尚，一时的糊涂，
> 拿一个钵盂，把她妻子的原形罩住。
> 到今朝已有千把年的光景，
> 可怜他被镇压在雷峰塔底——
> 这座残败的古塔，凄凉地，
> 庄严地，永远在南屏的晚钟声里！

后来正式发表的稿子是这样的，

> 再不见雷峰，雷峰坍成了一座大荒冢，
> 顶上有不少交抱的青葱；
> 顶上有不少交抱的青葱，
> 再不见雷峰，雷峰坍成了一座大荒冢。
>
> 为什么感慨，对着这光阴应分的摧残？
> 世上多的是不应分的变态；
> 世上多的是不应分的变态，
> 发什么感慨，对着这光阴应分的摧残？
>
> 为什么感慨：这塔是镇压，这坟是掩埋，

镇压还不如掩埋来得痛快！
镇压还不如掩埋来得痛快，
为什么感慨：这塔是镇压，这坟是掩埋。

再没有雷峰，雷峰从此掩埋在人的记忆中：
像曾经的幻梦，曾经的爱宠；
像曾经的幻梦，曾经的爱宠，
再没有雷峰，雷峰从此掩埋在人的记忆中。

初稿拘泥于所听到的事实，详细记录了划船人对许仙和白娘子故事的叙述，作者受划船人民间淳朴感情的影响，在创作中他通篇都在渲染白娘子的委屈，可以看出他对白娘子的同情。但是因为过于拘泥于现实，整首诗的视野显得过于狭窄，语言也直白浅露，缺少文学的色彩和节奏的优美。修改稿有所提高，摆脱了塔和坟蕴含的悲剧意味的直接影响，也摆脱了民间故事传说本身的忧郁色调，通过重复和节奏的掌控，对自己批判的对象有了抽象和概括，无论是许仙的懦弱和多疑，还是法海的冷酷无情，都是由传统文化形成的变态心理的体现，都是对强烈爱情的摧残。民间传说中用塔镇压白娘子，给白娘子以一线生存的希望，似乎她还没有死，但是我们都知道这只是民间感情的体现，是大家对悲剧结局的有意回避。实际上我们理性上都知道白娘子早已死掉了，所以徐志摩说镇压不如掩埋来得痛快，不要再制造虚假的幻象，给这世界一个本原的面目，把雷峰塔从此掩埋在人的记忆中，直面人间戏剧的本来面目，也许我们可以更快地制造出一个新的世界。

后来胡适他们有机会到西湖避暑，徐志摩趁着假期过去陪他游玩。他们除了游山玩水、畅叙友情，也没有忘记自己的本职工作。他和胡适约定一起替陆志韦的《渡河》做一篇书评。买英文书。"同振飞在一枝香吃饭，谈法国文学颇畅，振飞真是个'风雅的生意人'。"[①] "与菊偃卧草地上朗诵裴德的《诗论》与哈代的诗。午后为胡适拉去沧州别墅闲谈，看他的《烟霞杂

---

① 虞坤林编.志摩日记新编[M].杭州：浙江人民美术出版社，2017：179.

诗》。"① 在与朋友相处的时候，他们谈天论地，谈诗论文，这与其说是一种诗人的生活，不如说是当时非常文雅和前卫的文化人放浪形骸、自由快乐的生活方式。他们聚焦于诗，体现出那个时代把诗歌视为最高的艺术形式，只有在诗歌上取得突破才算在文化和艺术上取得了成就，所以可以推测当时是一个诗人被极度推崇的时代。

除了在团体内部畅谈，徐志摩与胡适、朱经农步行去访问郭沫若。郭沫若住在民厚里121号。他们找了许久才找到郭沫若的家。郭沫若抱着儿子，穿着旧学生服，光着脚打开房门，有些憔悴，但额头宽广，很显然这个人就是郭沫若。进屋的时候里面有客人在，客人中有田汉，田汉也抱个小儿子在郭沫若家做客。因为胡适和徐志摩都与创造社有过不愉快的辩论，所以在双方客套的时候，发现田汉已经离开，只记得他的脸比较长。郭沫若住的屋子很狭窄，陈设也很杂乱。小孩子在屋子里跑来跑去，摔倒还要父亲帮忙扶起，鼻涕眼泪也需要父亲帮忙揩拭。可以听到厨房传来木屐声，可能就是郭沫若的日本妻子在厨房里操劳。坐定寒暄之后，成仿吾也下楼，奇怪的是郭沫若和成仿吾都特别地不爱讲话，胡适虽然极力寻找双方共同感兴趣的话题，气氛还是特别紧张，令胡适和徐志摩感觉特别尴尬，主客之间非常冷漠，谈了半天的话也没有消除的迹象。郭沫若不时地含着笑低头凝视，令徐志摩大为不解。朱经农没有说一句话，实在也不知道从何说起。五点半离开郭宅，胡适也非常惊讶为何如此窘迫，上次他们聚会时，因为有郁达夫在，气氛比较融洽。徐志摩发现郭沫若他们因为没有钱，仅仅靠写作维持日刊、月刊和季刊，其境况当然不甚乐观，其生计也很窘迫，他理解郭沫若为何以狂叛自居。第二天郭沫若领了他的大儿子来回访，徐志摩方才知道郭沫若含笑凝视的原因，他以为是徐志摩写文章批评了他的《茵梦湖》。他还送了徐志摩一册《卷耳集》，是他的《诗经》新译，"序"里有自负的话，哪怕就是孔子复生，他定也要说出"启余者沫若也"的话，徐志摩只翻看了几首。不过这时徐志摩交代了自己写作《灰色的人生》的背景。除了与创造社的关系缓和之外，徐志摩又恰巧碰到了陈独秀。又和胡适约定翻译曼殊斐尔作品若干篇，并邀请西滢合作，由泰东书局出版。在火车上又看了沈从文的《龙

---

① 虞坤林编. 志摩日记新编[M]. 杭州：浙江人民美术出版社，2017：180.

女》的故事。经过接近一个月的努力,曼殊菲尔作品虽翻译的不多,但《巴克妈妈的生平》已经译完,正式出版时改名为《巴克妈妈的行状》,在徐志摩看来译得还算过得去。《园会》只翻译了一半。这段时间徐志摩虽然整天游玩,但是文学的成绩还算过得去,写了几首诗,翻译了一些小说,他文学成绩的一小部分就是在这段时间完成的。在这个过程中他还培养了一个志趣相投的文学圈子,这对逐渐成长的徐志摩来说,其实际意义是非常深远、巨大的。因为这个圈子是他日后蜚声文坛的重要借力,那些无条件支持他的朋友,基本上都是这群人,加上外围的金岳霖等有限的几个人。

二、无奈与接受

1980年7月13日,叶公超在台湾地区"文复会文艺研究班"发表了一次"关于新月"的演讲,在谈到新月社的历史和宗旨时,他这样说:"最初是民国十三年在北平的一些教授们,其中包括胡适、徐志摩、饶孟侃、闻一多、叶公超等人定期聚餐的一种集会。虽然是由徐志摩所集成,但是他这个人既不会反对什么,也不会坚持什么,只是想到要做,就拉了一些朋友,一些真正的朋友。因此没有领袖,也没有组织,七八个人,几乎是轮流着到个人家里聚会谈天。"李伶伶认为叶公超的这段回忆与事实有出入。"首先新月社初起时,没有饶孟侃、闻一多和梁实秋,他们都是后来加入的。其次,他将新月社视为政治团体,是为了抵制苏联的文学势力和上海的左派力量。他如此从政治的角度草率地给新月社下这样的政治性结论,既有违事实,也是对徐志摩这个人的不负责任。从徐志摩最早组织吃喝交谈的聚餐会,到在聚餐会的基础上成立的早期新月社,其实都与政治毫不相关。叶公超是混淆了早期和后期'新月'。"①其实叶公超这个回忆,在细节上有很多是错误的,比如说徐志摩这个时候还不是教授,他只是松坡图书馆的英文部干事,没有在任何学校担任教职,这时的他还没有进入教育界。因为他的导师梁启超先生还在热衷于政治,还没有成为清华大学的四大导师之一,其影响力还没有深入教育界。虽然叶公超回忆中的这些人后来都成了教授,但在初期组

---

① 李伶伶.摇晃的梦想:徐志摩和新月诗人[M].合肥:黄山书社,2017:26-27.

织聚餐会时，只有胡适一人是大学教授。另外他说徐志摩这个人不会反对，也不会坚持什么，这就混淆了徐志摩做人和做事的原则，徐志摩对文学艺术是非常有原则的，他坚持个人主义和性灵说，坚持艺术的独立和在美中追求个人的生活，这些都是他一直在坚持的原则。当然在做具体的事时，徐志摩奉行外圆内方的原则，为了维护集体而时时做出妥协，给人一种没有原则的假象，其实他只为自己的好友做出时时的妥协，为了自己的艺术而时时做出妥协。叶公超认为当时的聚餐会没有领袖也是不对的，在精神上是以胡适为领袖的，而在具体事情上以徐志摩为核心，如果没有他们二人的合作，聚餐会很难维持，后来的新月社就更不会成立。"新月"的政治化要等到徐志摩去世之后，由陈梦家这些后起之秀掌握"新月"，才改变了"新月"纯粹的艺术风貌，变得政治化和驳杂了。

梁实秋认为早期的新月社只是吃吃喝喝的俱乐部，其实围绕着新月社，徐志摩还是认真组织了一些活动，尽力实现自己的文艺理想，虽然效果并不见佳。徐志摩在思想上虽然没有自己独立的体系，但目标上却非常明确，他要建立自己的艺术世界，这个艺术世界是以性灵和美为基础的。徐志摩还特别喜欢利用流行的艺术形式，创造社的田汉在戏剧方面成绩斐然，而且当时戏剧是新的艺术形式，很受青年学生欢迎。另外中国的传统戏剧，也有广泛的群众基础。徐志摩认为提倡戏剧在当时是前卫和时髦的，因此他曾经试图将新月社打造成像田汉的南国社那样的戏剧团。"简单地说，他要用文艺影响文化，继而用文化影响政治。看得出来，这个时候的徐志摩并非只是一个沉浸在风花雪月中的浪漫诗人，他也像当时许多先进知识分子一样，具有强烈的忧患意识和社会责任感。"[1]

韩石山认为，中国的新文化运动，与其说是由文学起步，不如说是由戏剧起步的。"五四运动"前后真正热闹的，不是文学创作，而是新剧运动，即由文明戏向真正意义上的话剧的过渡。年轻的新派人物，少有不参与戏剧活动的，大学教授大学生都对演剧着了迷、上了瘾。清华戏剧社、北京剧艺社等纷纷破土而出。1922年底，陈大悲等人发起成立了人艺戏剧专门学校。因为对新剧非常感兴趣，徐志摩和好友陈源一起去看《娜拉》，可是因为观

---

[1] 李伶伶. 摇晃的梦想：徐志摩和新月诗人[M]. 合肥：黄山书社，2017：29.

众的素质低下和剧场建设存在缺陷，对演剧效果十分不满的徐志摩和陈源二人提前离场，但是一场风波由此而起。有人发表文章说他们低劣的人格不配看这种有价值的戏，只配去看戏曲。有人说那些拿帽子戴帽子走的，带围巾披围巾走的，只配去追逐杨梅大疮。这些文章简直是赤裸裸的人格侮辱。虽然陈源和徐志摩都发表文章予以解释和批驳，而徐志摩"驰骋文坛，屡遭非议，守正不阿，坦然应对，是他这一时期形象的最佳写照"[1]。虽然给大众留下了比较完美的个人形象，但对徐志摩来说，这不是他的最终目的，他要展现自己对艺术理想执着的形象，用文艺和美唤醒大众、团结大众才是他追求的目标。

1923年初，泰戈尔的朋友兼助手、英国人恩厚之来到北京，"徐志摩等人出面招待了他。闲谈中，恩厚之透露，泰戈尔有意访华。这个时候，泰戈尔的大名响彻东西方。作为东方文化的代表人物，这位在印度被尊为诗哲的诗人、亚洲第一位诺贝尔文学奖获得者，一直以来都是东方人的骄傲。然而在徐志摩看来，中国知识界对他却认识不足，热情不够。因此，徐志摩得知这一消息后高兴极了，随即将此事转告讲学社，有意由讲学社出面作为邀请方。讲学社同意了，并通过恩厚之向泰戈尔发出了来华访问、演讲的邀请。与此同时，讲学社委托徐志摩主理此事。所谓'主理'，即负责接待、陪同以及具体的翻译工作"[2]。应该说泰戈尔访华，是徐志摩和讲学社共同完成的一次文化盛举，也是徐志摩社交和组织能力的牛刀小试，也是他真正成为文化界一位新星的过程。

泰戈尔是以《新月集》获得诺贝尔文学奖的，而徐志摩介绍泰戈尔时应该重点介绍他诗人的身份，但是徐志摩却没有这样做，这可以看出他并不认为诗人的身份是对一个作家的最高赞誉，或者说他认为诗人身份并不能完全证明他的文学才华，他的才华不止于创作诗歌，翻译和小说、散文、戏剧的创作，他都应该可以尝试。徐志摩认为文学创作是一个人思想水平的体现，一个人有思想，再借助文艺才华，就能用文艺唤醒大众的性灵，共同创造新社会。在介绍泰戈尔来华的文章中，徐志摩侧重介绍的不是泰戈尔的诗歌艺

---

[1] 寒石山. 徐志摩传[M]. 北京：人民文学出版社，2010：98-101.
[2] 李伶伶. 摇晃的梦想：徐志摩和新月诗人[M]. 合肥：黄山书社，2017：29.

术，而且此时泰戈尔的许多作品在中国已有翻译，在国内也有很多追随者，不必再去重复一个公认的事实。另外因为翻译问题，他和胡适与创造社的不愉快也会增加介绍泰戈尔诗作在中国翻译情况的难度。因为一谈到翻译，就容易牵扯到翻译得好坏的问题，就容易刺激国内翻译界敏感的神经。所以为了团结整个文化界，不制造新的事端，徐志摩更侧重介绍泰戈尔的思想成就，就像狄更生告诉他的，东方文化和东方哲学的成就，才是东方人应该清醒和自知的，而没有重点介绍泰戈尔诗作的价值，是有他深入思考和策略性选择的。

　　无论从哪个角度介绍泰戈尔，都不妨碍徐志摩满腔热情地赞颂泰戈尔的伟大。他把泰戈尔比作太阳、泰山，只要你认真研读和接受泰戈尔的思想和哲学，你也会和徐志摩一样，觉得自己的"躯体无限地长大，脚下的山峦比例，我的身量，只是一块拳石；这巨人披着散发，长发在风里像一面墨色的大旗，飒飒的在飘荡。这巨人竖立在大地的顶尖上，仰面向着东方，平拓着一双长臂，在盼望，在迎接，在催促，在默默的叫唤；在崇拜，在祈祷，在流泪——在流久慕未见而将见悲喜交互的热泪……这泪不是空流的，这默祷不是不生显应的。巨人的手指向着东方——东方有的，在展露的，是什么？东方有的是瑰丽荣华的色彩，东方有的是伟大普照的光……唤醒了四隅的明霞——光明的神驹，在热奋的驰骋"①。徐志摩是一个喜欢夸大其词的人，这不是他有意为之，而是他的热情过于充溢，往往令人难以接受地由赞赏升级为谄谀。在这篇文章中，我们很难理解他对泰戈尔来华的激烈情绪。泰戈尔固然是当时东方文化界的名人，也是第一个获得诺贝尔文学奖的东方诗人，但他英国殖民地的诗人身份令国人生疑。当时许多年轻人，尤其思想"左"倾的年轻人，像茅盾这些文化界年轻人，包括鲁迅这些文化界中年人，对泰戈尔的态度是很矛盾的，一方面承认他的创作是东方思想与诗歌艺术结合后产生的完美的艺术结晶；另一方面对他过于推崇东方文化、现代思想的缺失和回避社会现实矛盾有着质疑的态度。而徐志摩毫不顾及大家复杂，凭着自己单纯的热情，对泰戈尔致以热情过度的欢呼，对于文化界人士很难说不是一个刺激。

---

① 蒋复璁、梁实秋编.徐志摩全集（第六卷）[M].北京：中央编译出版社，2014：233-234.

三、呼吁与碰壁

泰戈尔于1924年4月12日到达上海，徐志摩、王统照代表中国北方学界，和印度的一些在华人士共同举行了欢迎泰戈尔的仪式，揭开了泰戈尔访华和徐志摩展现自己文艺才华和社交能力的表演序幕。泰戈尔在华的演讲主要由徐志摩翻译，后来翻译稿也单独出版。泰戈尔来华在中国有两个记忆版本，第一是现场版，到演讲现场可以看到泰戈尔极受欢迎，人山人海。第二个版本是报纸杂志，许多人发表文章，对泰戈尔创作中现代思想的缺失和回避社会现实矛盾予以批驳。

在北京先农坛演讲时，可能是受临时更改演讲主题或者泰戈尔身体不适因素的影响，泰戈尔的演讲比预定时间晚了半个小时，但是一点不影响听众的热情。讲坛四周布满天柱，初看上去有二三千人之多。陪伴泰戈尔的是林徽因和王梦瑜两女士。①

泰戈尔访华成为中国文化界当时的最大热点，而徐志摩一直陪侍在左右，逐渐成为整个文化界都认识的名人。如果说之前他还需要携带着剑桥国王学院高才生的光环，大家还瞩目于他离婚、敢于公开登报和写诗与妻子离别的浪漫诗人的形象，那么陪伴在泰戈尔身边的这段时间，极大地提高了他在文化界的地位，他不再是一个被人消遣的知识分子，一个给人带来茶余饭后谈资的文人，而是成为一个有真才实学，由西方文化熏陶出来的、有成熟社交能力的现代知识分子，他的英语能力和写作能力在翻译的过程中得以充分地体现。泰戈尔访华既是东方文明在现代中国一次公开的展示，或者说是中国现代化进程中一次企图恢复东方文化传统的努力，徐志摩逐渐地被视为文化保守势力的代表人物。与当时许多以新派自居的年轻人醉心于西方文化不同，徐志摩能正视中国文化和东方文化神秘和性灵主义的传统，与那些自居新派的年轻人相比，徐志摩的形象自然更容易被整个文化界接受。出色的个人魅力和社交能力，使得徐志摩当时被文化界视之为青年的杰出代表，成为大家竞相认识和争取的对象。当时我们对文化保守主义的名称是绅士精神

---

① 寒石山. 徐志摩传[M]. 北京：人民文学出版社，2010：120-121.

和贵族主义倾向，这是周作人说自己心中有两个鬼，一个是绅士鬼，一个是流氓鬼的文化来源之一。

在泰戈尔来华之前，在一篇题为《泰戈尔来华》的文章中，徐志摩讨论了泰戈尔对于当时中国的意义。泰戈尔不仅是知名的、被10多岁的小学生喜欢读的英文诗的作者，在当时中国最有名、神行毕肖的泰戈尔的私淑弟子（此处是指冰心），十首作品里至少有八九首是受他直接或间接的影响。这是非常惊人的，徐志摩也认为这是很惊人的状况，因为一个外国诗人能在中国的文化界有这样巨大而且普遍的吸引力，可证明他的才华水平之高。但是徐志摩写文章容易夸张，比如他写崇拜泰戈尔的青年人盼望泰戈尔来华时，他们不仅天天竖耳悬踵地盼望，就是他们梦里的颜色，也一定增多了几分妩媚。不是所有的人都会像徐志摩这样充满了洋溢的热情，似乎不用夸张的句法就无法表达自己的感情一样。因为对很多人来说，泰戈尔来华固然可喜，但是因为他的很多作品已经读到，他们特殊的审美使得许多中国读者对他本人来中国并没有特别的热情。虽然他凭着诗歌获得了诺贝尔文学奖，大家认为这是他的作品被整个世界接受的证明，他的作品采取的形式被认可证明了东方作家采用的具有传统风格的文学形式依然具有生命力。这使得中国的文化人认为，为了了解世界推崇的新作家，必须了解泰戈尔，中国的诗人也应该去模仿和超越泰戈尔的诗体，以保持中国作家在东方文化中的领先地位。在当时很多人的心中，印度是英国殖民地，中国尚保持着独立的地位，不是一个殖民地国家。印度连自己的语言都无法保持，学习的都是殖民国的语言——英语，中国还一直延续着自己的传统文化，就这一点来说，中国远远优于印度。更何况泰戈尔来华之后，很多次称赞了中国的传统文化，这对当时求新求变的年轻人来说他们并不信任泰戈尔的善意，认为他这么做是做客时礼貌上的赞扬，或者是播撒精神上的鸦片，消沉中国追求现代文化的热情。但是对徐志摩来说，"可怜华族，千年来只在精神穷窭中度活，真生命只是个追忆不全的梦境，真人格亦只似昏夜池水里的花草映影，在有无虚实之间，谁不想念春秋战国才智之盛，谁不永慕屈子之悲歌，司马之大声，李白之仙音；谁不长念庄生之逍遥，东坡之风流，渊名之冲淡？我每想及过去的光荣，不仅疑问现实人荒心死的现象，莫非是噩梦的虚景，否则何以我们民族的灵海中，曾经有过偌大的潮迹，如今何至于沉寂如此？孔陵前子贡手持的楷树，圣庙中孔子手植的桧树，如其传话是可信的，经过了二千几百年，经了几度的灾劫，到现在还不时有新枝从旧根上生发，我们华族天才的活力，难道还不如此桧此楷？"①

我想当时许多的年轻人看到徐志摩的这段文字，肯定会哑然失笑，因为态度稍一紧张，小时候熟读的四六骈文、唐宋八大家的古文就会不自然地流露出来，写作的模式从现代白话突然变成八股腔调，这使得人相信他所谈的内容也成为华而不实的语言辞藻的堆积。就像他说自由是不绝的心灵活动之表现。自由本来是社会学的术语，是和人的行为和社会的管理纠缠在一起的，而徐志摩把它简单地归为心灵的活动，当然会令有现代知识的青年人哑然失笑了。而中国人往往以睡狮自居，他认为："这又泄露了我们想象力的堕落；期望一民族回复或取得吃人噬兽的暴力者，只是最下流'富国强兵教'的信徒，我们希望以后文化的意义与人类的目的明定以后，这类的谬见可以渐渐的销声"。②

在陪伴泰戈尔访华并做翻译这段时间，尤其是排演泰戈尔的诗剧《齐德拉》，给徐志摩创造了接近林徽因和认识陆小曼的机会，这是徐志摩情感生活的一个变动时期，他从前期的盲动逐渐地变成了中后期的成熟和稳重，这对徐志摩来说，是他创作能力获得提高的一个良机。同时在与整个文化界进行思想碰撞的过程中，徐志摩再一次体会了思想与辩论的力量，但也认清了自己的朋友和对手，为他以后在文化界的活动起到拨云见日的作用。同时陪伴在泰戈尔周围，对一直没有独立思想、但善于融化别人思想的徐志摩来说，是一次绝佳地提高自己对东方文化的认识，明确东方文化在现代世界的地位和其在中国现代化进程中使命的过程。

---

① 蒋复璁、梁实秋编. 徐志摩全集（第六卷）[M]. 北京：中央编译出版社，2014：236.
② 蒋复璁、梁实秋编. 徐志摩全集（第六卷）[M]. 北京：中央编译出版社，2014：235-236.

第三节　诗歌与叙事艺术

1925年9月16日，在追求陆小曼的过程中备受煎熬，徐志摩的精神状态整天像在梦境里一样恍惚不定，连白天都是怔怔地。他偷偷摸摸地给陆小曼送了花，却不敢附信以免被人发现。正是在这种煎熬的状态下，在烟霞洞与朋友闲谈时，他听朋友说"红蕉"都死了，"紫薇"也被虫咬了，感触颇深，就诌了四句古体诗：

> 红蕉烂死紫薇病，
> 秋雨横斜秋风紧。
> 山前山后乱鸣泉，
> 有人独立怅空溟。[①]

这首诗中表面看一二三句都是写景，但若从叙述者与景的关系来看，在第一句中叙述者与景的距离是最近的，只有站在近处才能看到"红蕉烂死紫薇生病"。看到花儿生病之后，向周围观察，才能发现"秋雨横斜秋风紧"，这时叙述者与景的关系略远。发现"山前山后乱鸣泉"之时叙述者在动，他只有在移动中才能发现山前山后的泉水在"鸣叫"。这时他处于整体宏观的视角，与景的距离更远。最后一句则显示出人的主观情绪，是叙述者在看景之后感受到的一种精神上的孤独，在秋风秋雨的萧瑟之中，自然万物都处于渐次消歇的状态，一年的时光将要过去，自然的肃杀是为了明年开得更加灿烂，人在自然的肃杀之中，除了感到生命的逝去，还有就是孤独，因为在漫长的冬季中，人将只能与寂寞的世界为伍，曾经吸引人的万事万物都处于冬眠的状态。没有千变万化的景物的点缀，人只能独自怅立空溟，孤独、寂寞，生命毫无乐趣。每一个写景的句子都是作者给我们设立的艺术情

---
① 虞坤林编. 志摩日记新编[M]. 杭州：浙江人民美术出版社, 2017: 240.

境，都是作者选择的有意味的细节，每一个细节都在运动的过程中，都具有叙述的功能。所以虽然是一首以写景为主的诗，我们感到的是叙述者给我们讲述了一个完整的故事。因此我们在阅读徐志摩的诗歌时，要关注他叙事能力对诗歌艺术效果所起的重要作用。

一、被忽视的艺术背景

徐志摩本人特别重视性灵与文艺创作的关系，他的诗歌以轻灵为主要特色，这就给许多读者留下一个错误的印象，以为徐志摩的诗歌创作是在他特别惬意的时候写出来的，是他在情绪特别高涨的时候写出来的。大家首先不要忘记，徐志摩特别信奉"诗穷而后工"的道理。在他祖母去世之后，和祖母的感情一直很好的徐志摩，曾经写了一首诗来悼念自己的祖母，题目是《冢中的岁月》：

    白杨树上一阵鸦啼，
    白杨树上叶落纷披，
    白杨树下有荒土一堆；
    亦无有青草，亦无有墓碑。

    亦无有蛱蝶双飞，
    亦无有过客依违，
    有时点缀荒原的暮霭，
    土堆临近有青磷闪闪。

    埋葬了也不得安逸，
    骷髅在坟底叹息，
    舍手了也不得静谧，
    髑髅在坟底饮泣。

破碎的愿望梗塞我的呼吸，
　　伤禽似的震悸着他的羽翼，
　　白骨放射着赤色的火焰——
　　却烧不尽生前的恋与怨。

　　白杨在西风里无语，摇曳，
　　孤魂在墓窟的凄凉里寻味：
　　"从不享，可怜，祭扫的温慰，
　　更有谁存念我生平的梗概"！

写这首诗时，他祖母的丧事已经完毕，徐志摩的母亲这时也生病了。因为家里的忙和乱，还有从快乐转为忧伤的气氛，使得所有人心头都充满了忧虑，很多人因此病倒。他的祖母的丧事还有另外一个问题，因为他的祖母是他爷爷的续弦，所以在安葬的时候是否与爷爷合葬，还曾因此产生了一些纠纷。为此他还特意写信向胡适求教古代合葬的仪式。在他的日记里曾经留下这样的记载：

　　明天祖母回神，良房里的病人立刻就要倒下来似的。积年的肺痨，外加风症，外加一家老小的一团乌糟——简直是一家毒菌的工厂，和他们同住的真是危险。若然在今晚明朝倒了下来，免不得在大厅上收殓，夹着我家的二通，那才是糟！她一去，他们一房剩下的是一个黑籍的老子，一窍不通，一群瘦骨如柴肺病种的小孩！
　　为一个讣闻上的"继"字，听说镇上一群人在沸沸的议论，说若然不加"继"字，直是蔑视孙太夫人。他们的口舌，原来姑丈只比作他家里海棠树上的雀噪，一般的无意识，一般的招人烦厌。我们出信去请教名家以后，适之已有回信，他说古礼原配与继室，原没有分别，继妣的俗例，一定是后人歧视后母所定的；据他所知，古书上绝无根据。①

---

① 虞坤林编. 志摩日记新编[M]. 杭州: 浙江人民美术出版社, 2017: 172–173.

通过日记我们可知徐志摩写作这首诗，虽然是以他祖母丧事为背景，视野所及的并不止他的祖母，而是那些被社会遗弃、所谓原配和继妣的女人。他眼中所看的不是真实的情景，而是他想象出来的，在文化上被世人歧视的女人那凄苦、孤独与悲哀的生命景象，经他高度抽象概念化之后，又以艺术家的想象进行再创造成的一个虚拟的情境。因此我们阅读徐志摩的诗作，要能明白他的诗中现实和虚拟的混为一体，不可把他的诗与现实高度地对应起来。

在提出这个观点之时，我们实际上给自己制造了一个困难，因为他有的诗确实是经现实刺激而创作出的精品，比如《沙扬娜拉》。泰戈尔结束访问中国之后，徐志摩陪着他一起去了日本。按说他可以不去的，毕竟泰戈尔已经离开中国到日本去而且他不懂日语，但是热情如火的徐志摩觉得自己既然作为泰戈尔访华的"主理"，自然要尽职到底。加上在泰戈尔身边徐志摩感到的是精神的快乐和学识的进益。徐志摩知道泰戈尔在中国与日本的演讲与谈话，除了在真光的一次，其他三次都是临时的应景。"我们跟着他的人们常常替他担忧，怕他总有枯窘的时候，长江大河也有水小的季候，怕他总不免有时重复他已经说过的话。但是白着急！他老先生有他那不可思议的来源，他只要抓到一点点的苗头，他就有法子叫他生根、长叶、发枝条、成绿荫，让听众依偎着他那清风似的音调在那株幻术的大树下乘着凉，忘却了在他们周围扰攘的世界……我有一次问他像这样永远受创造冲动的支配究竟是苦还是乐。他笑了，反问我一句。他说你去问问那夜莺，他呕尽他的心血还要唱，他究竟是苦还是乐？你再去问问那深山的瀑布，他终年把他洁白的身体向巉岈的深谷里摔个粉碎，他究竟是苦还是乐？"[①]在泰戈尔的影响下，徐志摩更加坚定了自己在剑桥国王学院、在狄更生和罗素的影响下建立起来的价值观，"反面说，他是怕我们沾染实利金钱主义与机械文明的庸凡与丑恶；正面说，他是怕我们丧失了固有的悠闲的生活与美好的本能，他们的对头是无情的机械。"[②]所以徐志摩认识到，"为什么柔和的人情是美、是可爱，机械式的生活，不论怎样的卫生，是丑、是可厌？……个人有个人的见

---

① 虞坤林编.志摩日记新编[M].杭州：浙江人民美术出版社，2017：172-173.
② 蒋复璁，梁实秋编.徐志摩全集（第六卷）[M].北京：中央编译出版社，2014：256-257.

地，美与丑也没有绝对的统一标准，如其我们情愿放弃我们人类的特权，就是替创造历史的力量开一个方向，在我们自己运命的经程里加入我们意志的操纵。"① 在泰戈尔的影响下，徐志摩更加明确地认识到，如果我们热爱我们的生活，我们就要争取最大可能地把美的原则应用到日常生活中。当时很多留学生回国之后，他们把自己的英文最多地应用到寄往国外的机器订单上，他们的脑袋里也只有摩托车的喇叭声，这种生活不是优美的生活，不是懂得美的精神的人应该过的生活。在中华文化发展的历程中，我们可以看到以前的诗人已经发现了生活和自然中的美，所以在当时黑暗笼罩的社会里，庸俗与卑微二者默契地掌控着人们的生活，人们更要努力去发现生活和自然的美，和这个黑暗的社会进行斗争。徐志摩认为虽然做这样的梦是不合时宜的，但作为新人要坚持下去，才有可能建设一个新的社会。在这一背景下他才能创作出令读者耳目一新的那首送别诗《沙扬娜拉》：

> 最是那一低头的温柔，
> 象一朵水莲花不胜凉风的娇羞，
> 道一声珍重，道一声珍重，
> 那一声珍重里有蜜甜的忧愁——
> 沙扬娜拉！②

  这首诗叙述描写的是一个日本女子和人道别时特有的肢体语言，通过她的肢体语言展示出人情的美，一种柔和、真诚的人情美，进而塑造出一种特有的东方女性美。这种柔和的人情，使人深切地感受到真情的温暖。在这种柔和的温暖中，刹那可以成为永恒，黑暗可以透射光明，机械可以变得优美，势利的现代社会变成了淳朴的古代文明。
  阅读这首诗时，我们更易关注的是所谓文章的文眼，那低头的温柔像一朵水莲花，和水莲花不胜凉风时的娇羞，还有那一声"珍重"里蜜甜的忧愁，一种依依不舍的情谊，分手时的忧愁，浓郁地充溢在这首诗的每一个字

---

① 蒋复璁，梁实秋编. 徐志摩全集（第六卷）[M]. 北京：中央编译出版社，2014：258.
② 顾永棣编注. 徐志摩诗全集[M]. 上海：学林出版社，1997：227.

中。这首诗以一个男性的视角，观察了一个聪明的女性对一个有思想的男性特有的依恋和崇拜。在两人分手时，女性依然陷入一种心灵之窗被语言和思想的力量打开后的兴奋状态。这时与男人的分手，让女性感受到一种特有的来自灵魂深处的依依不舍。我们知道这首诗写作的时间是徐志摩陪伴泰戈尔访日时期，我们可以推测这是一个日本女性与泰戈尔分别时，她特有的体态和语言激发了徐志摩的诗情，使他写出了这首脍炙人口的小诗。

阅读这首诗时，我们要意识到叙事对这首诗的成功所起到的作用，因为正是"低头"和道一声"珍重"，是徐志摩观察对象的身体语言，而这些身体语言所透露出来的特有的人情美，又被作者将自然界的水莲花特有的娇羞和对象的语言中透露出来的蜜甜的忧愁情绪，进行了艺术地加工和组合，使得行动和审美的意味有了内在的统一。经作者艺术加工之后，行动的外貌变成了有意味的形象，动作被转化成艺术情绪的展现过程。行动组成故事，故事展现情绪，这是我们在理解叙事艺术时常用的思维逻辑过程。我们要以此为基础，认识到徐志摩天才地把这个逻辑过程进行了重新的组装，利用中国传统艺术"造境"的艺术手法，把行动和意味完美地统一起来，使行动和意味消解了故事的基础，摆脱了故事的限制，或者说摆脱了客观事实的限制，使得行动和意味可以在抽象的层面上进行自由的组合，把艺术从现实的束缚中解脱出来，使艺术具有了更加独立和自由的权力。

当然，徐志摩能重新组合艺术成分，是和他的艺术天赋有关系的，同时也是他长期浸润的中国文化帮他逐步树立和培养了日渐成熟的写作能力。我们可以回想一下《天净沙》这首诗，无论是"枯藤老树昏鸦"，还是"小桥流水人家"，表面看是两种艺术意象的并列，其实是作者把两种不同的意味进行了比较，而最终的目的是为"断肠人在天涯"这一个形象进行铺垫，是为了使读者更好地理解"断肠人在天涯"的愁苦，更好地理解"断肠人在天涯"时所处的自然环境，加强了"断肠人在天涯"情绪的感染力。徐志摩对马致远使用的艺术手法做出了更大胆的突破，马致远把"断肠人在天涯"这一最重要的意象放在了文章的末尾，而徐志摩则把它放在了文章的中间——像一朵水莲花不胜凉风的娇羞是这首诗中最重要的意象，他体现的是女性整体的美，只有水莲花才能体现出娇羞的珍贵，而只有像水莲花才使得忧愁有值得我们吟诵的价值。像水莲花一样的女性，本身就值得男性追求和赞美。这样美的一个女性对男性的依恋，使得男性在心理上具有了特殊的状态，一种自满和骄傲，一种对思想力量的发现，一种对自我价值的认可，一次在语言的艺术和艺术的语言交汇时达到的高峰体验。

二、叙事与"轻灵"的关系

胡适认为世人之所以误解徐志摩，是因为不懂他是一个单纯的理想主义者。徐志摩认为没有爱又没有自由的家庭是可以摧毁人们的人格的，所以他下了决心要把自由偿还给自己，要从自由求得真生命、幸福和真恋爱。徐志摩发现家庭对一个青年人成长的价值，是他自己亲身体验的结果。他从小在祖母和母亲的溺爱下长大，父亲虽然比较严肃，对他也很少疾言厉色，更多的是支持和关爱。在闲暇时，父亲可以和他一起去茶楼闲坐聊天，可以陪着他一起划船娱乐，甚至划拳。在这样的家庭长大的徐志摩，保留了很多天真和浪漫。以徐志摩交往的范围和频率和对周围朋友他观察、总结，他发现家庭是他能自傲于同辈的重要借力。但社会不会因为一个人家庭的和谐而对他更加宽容，社会对于徐志摩往往有很多不能谅解的地方。这是因为社会不能理解他单纯的人生观，无法理解一个把爱、自由和美视为人生主要追求目标的年轻人的行为。对徐志摩来说，他是真诚地相信爱、美与自由的，他知道这样的人生理想过于单纯，很多时候不被社会所容纳，但他认为这是重建生命曙光的不世伟业，真生命必自奋斗自求得来，真幸福亦必自奋斗自求得来。真恋爱亦必自奋斗自求得来，要想得前途无限，要真有改良社会的追求，要真有造福人类的心，所以只有先做榜样，勇做决断。虽然他和张幼仪的离婚是自由离婚，是中断二人的苦痛、重塑各自幸福的机会，但是对张幼仪的伤害远大于徐志摩受到的影响。后来他回国之后，虽然达到了离婚的目的，却不被家庭和社会所包容，但他和张幼仪的通信频率更高，感情也更好了，这是当时社会不能理解的新现象。我们观察徐志摩诗歌轻灵风格的着眼点，应该是他在《猛虎集》自叙中的这句话，他说他的心境是"一个曾经有单纯信仰的流入怀疑的颓废"的状态。我们研究他的诗歌轻灵的风格时，首先要看到他在诗歌中蕴含着单纯的信仰，在诗歌中体现了他对爱、美与自由的追求；同时我们还要看到他在诗歌中流露出的颓废的心境。

比如在他早期最著名的一首诗《雪花的快乐》中，我们看到他的轻灵和颓废，就很值得我们玩味。

> 假如我是一朵雪花，
> 翩翩的在半空里潇洒，
> 我一定认清我的方向——
> 飞，飞，飞——
> 这地面上有我的方向。
>
> 不去那冷寞的幽谷，
> 不去那凄清的山麓，
> 也不上荒街去惆怅——
> 飞扬，飞扬，飞扬——
> 你看，我有我的方向！
>
> 在半空里娟娟的飞舞，
> 认明了那清幽的住处，
> 等着她来花园里探望——
> 飞扬，飞扬，飞扬——
> 啊，她身上有朱砂梅的清香！
>
> 那时我凭借我的身轻，
> 盈盈的，沾住了她的衣襟，
> 贴近她柔波似的心胸——
> 消溶，消溶，消溶——
> 溶入了她柔波似的心胸！①

---

① 蒋复璁，梁实秋编. 徐志摩全集（第二卷）[M]. 北京：中央编译出版社，2014：2.

在这首诗中我们首先要看到作者给我们塑造的美的意象：在半空中翩翩而落，潇洒飞扬的雪花，雪花在半空中娟娟地飞舞，身上有朱砂梅的清香的处女，她的衣襟上晶莹剔透的雪花，还有她柔波似的年轻的心胸。作者借助雪花的视角，告诉我们他爱的是身上有朱砂梅清香的处女，因为她有柔波似的心胸，花朵一样美丽的心灵。作者告诉了我们他对自由的追求，他在自由地追求爱和美，自由地表达对异性的审美标准，他喜欢身体健康、内心世界丰富的年轻女性。他的理想是和女性一起，沿着自己认定的方向勇敢前行，不去寂寞的幽谷，也不去凄清的山顶，而在人间的花园中；在清幽的环境里与她相拥，享受只属于二人的美丽世界。

　　一首如此轻灵优美的诗歌，我们很难在里面找到颓废，很难发现作者流露的颓废心境。因为我们完全被作者塑造的艺术世界控制了心神，我们感受到的是一个冰清玉洁的艺术世界，一个"刹那即是永恒"的艺术世界。与这个冰清玉洁得似乎转瞬即逝的世界相比，我们生活的世界则是寂寞的幽谷、寒风凛冽的山顶、人潮涌动、竞争激烈和被战争夺走家庭的难民满布的荒芜的大街。而能在这个丑恶世界中塑造艺术世界的，是在天空中飘飘洒落的一片雪花，雪花比它塑造的艺术世界消融得更早，在它沾上别人的衣襟、贴近别人柔波似的心胸之前，它可能已经化为一滴眼泪，就像人在世界上勇敢地做自己，如同飞蛾扑火一样，转眼就被世界毁灭。雪花还有机会融入她柔波似的心胸，而被毁灭的人，连去寂寞的幽谷、寒风凛冽的山顶和布满人潮的荒街的机会都没有。

　　这首诗是徐志摩与闻一多在诗歌创作上风格趋同的证明。在《晨报副刊·诗刊》第一期《诗刊弁言》中，徐志摩说他是"早三两天前才知道闻一多的家是一群新诗人的乐窝"。闻一多把墙壁涂成全黑，还镶上一条狭长的金边，还在一个墙壁上挖出一个神龛，供着一个用黄色石头雕刻成的维纳斯像。在这样一个充满艺术气息的屋子里，诗人们聚在一起谈论着新诗发展的方向。他们达成共识要创造一种新诗理论来指导新诗创作。徐志摩虽然自谦说自己不是一个诗人，他认为自己虽然认得几个字，能像一个平常人一样去思考，性灵里即使有些微弱的光亮，也细得可怜，就像门缝里透出的如豆灯火。他认为自己的痛苦就在这里，一丝微弱的灵感，若隐若现地在他的心头一直徘徊，他料定这是性灵终身得不到安宁的原因。因为他能感受到心灵的微光，但是性灵的光线又过于微弱，使他不能成为唤醒民众的先锋诗人，但是因为一直感受着性灵光线的诱惑，又有不舍得放弃而要终生写诗的冲动。他认为自己即使尝试过创作文艺作品，也无非是在黑夜的巷弄里弄板斧，始终是莫名其妙，没有经过理智的批准，没有可以自信的目标。这时《志摩的诗》已经出版，他自嘲诗集的杂乱、寒伧，就可知道他说这样的话一种是过度自谦的矫情。他是为寻找到新诗团体而兴奋，这个团体当时还是以闻一多、朱湘为主力，而徐志摩主编《晨报·副刊》使双方有了合作的基础。徐志摩说之前写作的时候感觉自己是一个人单独出发，旅程是寂寞的，直到最近才发现在这新诗创作道路上探索的不止他一个人，旅伴实际上多的是，只是彼此不曾有机会携手。经过逐渐稳定的、真诚的交流，他们形成了共同的信念，他们相信诗歌是表现人类创造力的一个工具，与音乐和美术是同等性质的。他们相信，中华民族这一时期的精神解放或精神革命的波澜壮阔，没有一部像样的诗来表现它是不完整的，他们相信自身灵性里以及周遭空气中多的是寻求新思想的灵魂，他们的责任是替这些灵魂构造适当的躯壳，这就是诗文与各种新画派或新音乐的发现。他们相信，美是完美精神的表现，文艺的生命是无形的灵感加上有意识的耐心与勤奋的成绩，他们相信他们创作的新诗文，有一个伟大美丽的未来。这些大话，从编辑的角度看，是一个上等的广告，但从读者的角度看近于痴人说梦。因为他把新诗的地位拔得过高，虽然新诗可以像音乐和美术一样有自己的结构美、音乐美和格律美，但新诗的产生与音乐、美术的产生一样，优秀的作品是在群体努力的过程中因某一个灵感而创作出来的，并不是推出一个新期刊就可以催生出来的。当然徐志摩对此也很自知，他说上面写的似乎太近宣言式的铺张，他那"跑野马"的笔是没法驾驭的，他希望至少在他们几个人中间，他的话可以获得相当的认可。所以他同时也感到一种畏惧，首先不敢担保这诗刊有长久的生命，其次不敢担保内容可以满足读者们最低限度的要求。但他说当时是一个虎头蛇尾的时代，就看他们能否避免这种"时髦"。

《诗刊》的"寿命"虽然不长，但当时徐志摩创作的成果还是比较丰硕的。当他把第二部诗集《翡冷翠的一夜》给闻一多看时，新月派诗歌理论最主要的创造者笑着对徐志摩说,比上一部有很大的进步。闻一多的肯定让徐志摩高兴很久,他不是一个轻浮的人,但对朋友的意见非常重视,尤其是志同道合的朋友。我们以这部诗集中的《偶然》这首诗为例,分析徐志摩在诗歌创作上取得的进步。

    我是天空里的一片云,
    偶尔投影在你的波心——
    你不必讶异,
    更无须欢喜——
    在转瞬间消灭了踪影。

    你我相逢在黑夜的海上,
    你有你的,我有我的,方向;
    你记得也好,
    最好你忘掉,
    在这交会时互放的光亮!

  在闻一多诗歌理论的影响下,徐志摩对自己的诗歌创作进行了深入的思考。我们比较这两段诗可以发现字数和结构完美对称,这符合闻一多提出的结构美。同时我们发现这些诗在阅读时有相近的节奏,"我是/天空里的/一片云,偶尔/投影在/你的波心","你有你的,我有我的,方向","在这交汇时/互放的/光亮",在出声阅读时我们可以感受到音韵的节奏美。同时像云和心,异和喜,上和向,好和掉,韵母都是相同或接近的,但比格律诗要更加自由,这就是徐志摩在闻一多诗歌理论影响下,探索和创作出的新格律诗。在这首诗中,作者流露出非常浓厚的颓废气息,我们可以轻易觉察到作者的颓废心境。经历过更多情感坎坷和人生波折后,徐志摩在心境上更加成熟,对人生也少了很多单纯的热情,而是有了更多无奈,对悲剧般的结局有了更多自觉和认可。在这首诗中,作者给我们塑造出美的意象——一片云投在你的波心,在黑夜的海上交汇时互放的光亮。作者对爱也有了更多的体会，尊重对方的选择，所以对转瞬间消失了踪影、各奔东西甚至背道而驰，有了更宽容的理解。这时作者对自由的理解不再仅仅限于自我追求的自由，而是对其他个体自由选择自己命运的宽容和尊重。所以无论是从塑造意境还是从写作技巧上，这时徐志摩确实取得了非常大的进步。他虽然自谦说自己不是一个诗人，但他的创作才华是惊人的，当他沉下心来、在一个成熟的创作理论指导下，自然能在文学创作上取得巨大进步。

第三章　激情叙事与散文创作的成功

　　我国现代时期散文创作队伍庞大，像鲁迅创作的回忆性散文《朝花夕拾》，周作人创作的文化性散文，梁遇春的闲适性散文等都各有特点。在这个创作群体庞大、风格各异的散文作家队伍中，徐志摩以他特有的热情和浓郁的诗情，显露着他与众不同的散文创作风格，在中国现代时期散文发展史上，占有他特殊的地位。虽然徐志摩散文的成果不是很多，仅有三部可以称为散文集，分别是《落叶》《巴黎的鳞爪》和《自剖文集》，而且《落叶》中有三篇是演讲稿，因此真正代表他散文成就的，就是《巴黎的鳞爪》和《自剖文集》。周作人认为徐志摩散文创作方面的成就也并不小，在他个人看来，中国散文有这么几派：胡适和陈独秀这一派的文章"清新明白，长于说理讲学，好像西瓜之有口皆甜"，读过他们散文的都觉得好；俞平伯和废名一派"涩如青果，志摩可以与冰心女士归在一派，仿佛是鸭儿梨的样子，流丽轻脆，在白话的基本上加入古文方言欧化种种成分，把引车卖浆之徒的话进而为一种富有表现力的文章，这就是单从文体变迁上讲也是很大的一个贡献了。"[①]而且徐志摩还保守着他天真烂漫的诚实，周作人认为他是世所稀有的奇人，在当时那个"伟大的说诳"的时代，说的人自己未必相信，也未必希望别人相信，只觉得非这样说不可，"在这时候有一两个人能诚实不欺地在言行上表现出来，无论这是哪一种主张，总是很值得我们的尊重的了。"[②]周作人首先认为徐志摩的散文和冰心的散风格类似，他们具有共同

---

① 蒋复璁、梁实秋编.徐志摩全集(第一卷)[M].北京：中央编译出版社，2014：232。
② 蒋复璁、梁实秋编.徐志摩全集(第一卷)[M].北京：中央编译出版社，2014：234。

的"流利轻脆"的优点。其次他们在语言上灵活使用日常用语,在白话文的基础上,吸取了古文、方言和欧化的种种成分,化腐朽为神奇,融合各种语言为一炉,充分挖掘各种语言形式中最富有表现力的资源并化为自己的写作素材。

第一节 散文的艺术成就

新月派中以文学批评见长的梁实秋一向喜欢徐志摩的散文,叶公超和他一样,认为徐志摩的散文在他诗歌的成绩以上。因为徐志摩的可爱之处,"在他的散文里表现得最清楚最活动"[1]。如果把徐志摩的私人信件也归为散文的话,他的散文更大程度地表现他的生动活泼,更清楚地表现了他的可爱。在泰戈尔离开中国之后,徐志摩的心情由持续亢奋而趋于平静,平静中又蕴含着寂寞和忧郁,因为他终于不得不接受林徽因将嫁给梁思成的事实,他与林徽因擦肩而过,虽然"在交会时互放了光亮",迸发了照亮二人灵魂世界的热情,但是阴差阳错、在各种条件影响下,只能接受彼此各有各的方向,无论你是欢喜还是惊讶,是悲伤还是平静,生活之路还在继续。他失去了第一次真正的初恋。这段时期他亲身经历了世事的纷乱,表兄沈叔薇去世,各种令人难过的事情交集在一起,使得徐志摩郁闷不堪。"即便他在此后不久,由胡适介绍,进入北京大学任教授,也一时不能唤起对生活的热情,而时时对生,对死有了新的感悟……在这样的心境下,他很需要有一个宣泄的通道。纵情诗海,是其中之一——他一口气写了《毒药》《白旗》和《婴儿》三首散文诗。另外,他找到了凌淑华这个理想的'通信员'。"[2]徐志摩和凌淑华这时其实是师生关系,因此他们的通信更倾向于性灵上的沟通,可是即使如此,日后在凌淑华发表二人通信时,还是把徐志摩对自己的昵称用X来表示。我们可见徐志摩在通信的时候,语言的灵动活泼,应该还

---

[1] 蒋复璁、梁实秋编.徐志摩全集(第一卷)[M].北京:中央编译出版社,2013:240.
[2] 李伶伶.摇晃的梦想:徐志摩和新月诗人[M].合肥:黄山书社,2017:67-68.

保留着他在杭州府中读书时的调皮和淘气,在这调皮和淘气里闪现着他单纯的信仰和对美、自由和艺术的追求。他对所有的感情都是认真的。可惜他把自己剑桥大学时期的日记委托给凌叔华,最后却不知所终,这是被鲁迅称为带有豪门淑女风范的凌叔华,给中国现代文学造成的最大缺憾。

一、独特的散文艺术

梁实秋认为徐志摩写散文"永远的保持一个亲热的态度",这需要"一个人的内心有充实的生命力,然后笔锋上的情感才能逼人而来"。徐志摩写文章时,似乎信手拈来,山南海北任意而谈,中外文化故事信笔直书,最后又自然而然地回到本题,使他的散文充满了文化人的潇洒。徐志摩写散文不是板起面孔来写,似乎连他的呼吸都浸透了英国人的绅士风度,他的散文里充满了同情和幽默,完全没有教训的口吻,也没有演讲的语气,像朋友聊天一样娓娓而谈。徐志摩的散文具有很强的感染性,受他的影响,读者不自觉地把徐志摩当成自己的知心好友,把徐志摩的文章当成他的真心话,并拿出自己的真心与他的文章进行沟通交流。因为读者和作者形成了良好的默契,读文章时不仅感觉到文章的美,还在字里行间认识了一个生龙活虎的人,一个具有鲜活生命力的好友,在真诚地与自己倾心交谈。我们都知道文章写得生动不是一件容易事,这就要求作者写文章要有风趣。严格来说,讲究风趣的文章就会多生枝节,这本来是写文章的大忌,但如果"那枝节本身来得妙,读者便全神贯注在那枝节上,不回到本题也不要紧"①,跟阅读到的有趣的枝节相比,文章是否完整变成了细枝末节。所以"他的'跑野马'的文笔不但不算毛病",反而使喜欢他的读者觉得他的文章更加可爱,他的散文几乎全是小品文的,不是说理的论文,因此"跑野马"也不算毛病。

徐志摩写文章时永远是用感情渲染带动理智思考,所以即使"跑野马",也有他自己的精神灌注其中,自然地做到了"形散而神不散",因为在他文章的背后有他这么一个鲜活的人,有他活泼的精神,有他追求爱、美与自由的性灵在背后支撑着,所以他的文章即使"跑野马"也会有强大的中

---

① 蒋复璁、梁实秋编.徐志摩全集(第一卷)[M].北京:中央编译出版社,2013:241.

心，吸引着那些枝节自动地聚集过来组成一个整体。因此徐志摩在探索提升散文的艺术性方面也做出了贡献，他提升了白话散文的艺术成就，把周作人特别推崇的明清小品文的"形散而神不散"的艺术手段成功地移用到了现代小品文，也就是现代散文，这是他对现代散文发展做出的一个不可磨灭的贡献。

徐志摩的散文通篇洋溢着文化人的典雅情调，即使所谈的话题是男女情爱，他也在通过欲望书写展现了人类的生命活力，用艺术美帮助读者穿越欲望森林，在生命活力的基础上建立世俗而且美的现代社会。在《巴黎的鳞爪》这篇文章中，作者在热闹的饭店里与一个萍水相逢的女子搭讪，本身就含有色情的意味。但在徐志摩笔下，你丝毫感受不到色情的存在。故事主人公刚坐下不久，左右就来了一肥一瘦的两个女人，"四条光滑的手臂在他面前晃动着酒杯"，充满了色情和挑逗的意味。可是他眼中关注的却是一个人独自坐在最暗角落里的，不施粉黛，"穿一身淡色衣裳，带一顶宽边的黑帽，在浓密的睫毛上隐隐闪亮着深思的目光"的孤独的女人。这个女人浑身散发着生活的疲倦，细长的手指和落漠的神情，偶尔发出的有意无意的叹息，都激发了故事主人公的好奇。他一直观察她两个晚上，在第三个晚上终于鼓足了勇气，却得到了一个明确的拒绝。就像作者所说，"出门人也不能太小心了，走道总得带些探险的意味。"而且巴黎是一个充满人情味儿的地方，只要你遵照着文明的步骤，总能得到礼貌的对待，拒绝也充满了文雅的情调。当他嘱付店主人交给她一个字条后，果然得到了一个可在饭店门口交谈的机会。当女人知道一个异邦的男士一连三个晚上被她忧郁的神情刺痛了内心，她的眼睛绽出了泪水，她的声音变得嘶哑，不是变软弱了，而是她枯燥的心感受到了精神的慰藉。两个人并肩在路上散步，后来雇了车并肩坐在车上，在清凉的夜里沿着林荫大道兜来兜去。后来两人再次回到热闹的饭店，喝了两瓶香槟酒，从11点舞影最凌乱时谈起，直到凌晨3点客人散尽，她一直在讲着自己的故事。悲痛伤心的过往，曾让她的灵魂干枯，与两个英国和一个菲律宾男人先后失败的婚姻，把她从一个懵懂无知的少女，变成了一个在巴黎街头的活动的"尸体"，一个内心热情早已枯死、苟延残喘于人间却失去生命活力的行尸走肉。在很多人的笔下，这是一个香艳故事的开始，然而在徐志摩笔下，这是两个灵魂互相袒露的开始，人与人的交往目的并不一定是肉体。就像他所说，喜欢一个人喜欢到肉体也就到了顶点，而厌恶一个人厌恶到了肉体，也达到了顶点。两个陌生人互相袒露着自己的内心故事，使那个女人早已如死灰的心，一个在东方被伤害致死的心，在交谈中再次泛起了生命的波浪，这个女人又"死灰复燃了"，女人深深庆幸又一次感到了人情的温慰。虽然从此两人翩然而别，也许再没有相会的机会，但在两个寂寞的心中，都会永远留下对方的身影，因为他们曾经真诚地倾诉，因为他们曾经真诚地互相慰藉，比肉体的接近更加高级，是使对方在精神上恢复生命活力的高级的精神层面的"交汇"，是使对方早已心如死灰的心又再次撩拨起生命的波浪，有了继续生活下去的勇气，对未来再次充满期待。

身体是欲望的主要对象，而社会化的欲望不仅是男人女人之间的身体纠葛，还受个人审美偏好、修饰习惯等个人心理情感因素的影响，也受个人的社会地位、经济收入和穿着打扮等社会化因素的影响。在艺术领域画家的地位非常特殊，他像盗取天火的普罗米修斯一样，把身体的秘密通过他的画笔展现给世界。在画家笔下，生活在世外桃源一般美丽的世界中的牧童，在树边打盹儿享受生活的闲适，把手枕在脑后观看蓝天和绿草，即使生活如此恬淡美好的牧童，在他们似乎天真无瑕的眼睛里，也在寻找着吹笛跳舞的美女。那些在草地上跳舞的女人，正是青春美丽的好时候，露着胸膛、散着头发，还有的光着腿在青草上跳着。这个充满生命和艺术的神秘气息，洋溢着青春的生命活力，也能吸引男性目光和燃烧体内荷尔蒙的瞬间，似乎是上天宠儿的画家才有幸可以直接看到，普通读者只有在画家笔下才可以观察到这个世界，这个被画家展示出来的、经他任意改造和再创造的艺术世界。在艺术学院内摆着鲁本斯这些老派画家画出的女性裸体，完全合乎理想的完美，反而让人觉得不可能和不可思议。而像塞尚这些新派画家笔下的女性裸体，又被变形得太丑陋、没有人样，也是同样的太不可能太不可思议。女性人体到底是什么样的？大家不能在艺术学院摆放的作品里面学习到、观察到、认识到，他们要在人体上寻找到自己观察和探索到的人品真相。

一个在巴黎学画画的中国画家，住在一个充满鱼腥臭味的小街街头的一所老房子顶层的阁楼里，阁楼光线很差，即使白天也像黑夜。画家的穿着完全像一个中国的乞丐,头发像刺猬一样竖立着,胡子八九天不刮,穿在身上的衣服像半年都没有清洗和整理过,皮鞋连鞋带都扣不上。这样打扮的中国人在北京,六国饭店这样的地方都不能进门,更何况他住的地方确实像一个垃圾窝,床板是精窄的一条,上面盖着一块黑毛毡,躺在床上只能规规矩矩地躺着,翻身和坐起都可能碰到房顶。阁楼中央放着他的书桌,上面杂乱地放着画册、稿本、黑炭、颜色盘子、烂袜子、领结、软领子、热水瓶、酒精灯、电筒、药瓶、彩油瓶、脏手绢、断头的笔杆、没有盖的墨水瓶子、手枪、照相镜子、小手镜、断齿的梳子、蜜膏、没有喝完的咖啡杯、解梦的书、凡士林油膏和安全套,杂乱无章地摆放在书桌上,一块破木板箱带着一块灰色的布,就成了他的梳妆台和书架,一个洋磁面盆里面有半盆的肥皂水,不知已经几天没有倒了,帽子套在洋磁长提壶的耳柄上,乱扔的几枚小铜钱好像是算命的符咒,"几只稀小的烂苹果围着一条破香蕉像一群大学教授们围着一个教育次长索薪"。唯一的沙发像一个奢侈品,但里面的弹簧全都没了劲儿,扶手上的套布都长满了黑色的霉菌,使得布料变成了黑黄的颜色,已经看不出它是什么面料。可是就这样一个穿着破烂住在垃圾窝中,又是东方人的中国画家,精神上却没有一点自卑,也没有感受到一点被排斥地生活在异国他乡的感觉。只要他亮出自己画家的身份,就可以邀请到衣服穿得最漂亮,打扮得最时髦的姑娘做做他的舞伴,而且十回居然有九回成功。在巴黎学美术,不管你有多穷,一年都可以换十多个模特,坐在这弹簧已经没有劲儿的沙发上,或靠在那颜色变得黑黄的扶手上,或安静地端坐着,在画师的要求下变换着姿势,毫不嫌弃这破烂的垃圾窝,也不因画家穿的破破烂烂而拒绝他。所以画家还大发感慨说,巴黎人最大的特点是没有势利眼,不像中国人,各阶层有各阶层的势利。虽然从1913年李书同第一次使用人体模特开始,1920年刘海粟又第一个使用了女性裸体模特,1925年江苏省还是发布了禁止使用女性裸模特的禁令。因此,这篇洋溢着生命冒险精神的作品,并不像表面体现的那样仅仅关注人体美、精神美本身,而是以之为线索,挖掘正视人类身体美、艺术美这一客观存在对推动整个中国精神革新的可能性。

当两个男人私下谈论女性身体美时,两人关注的是身体结构美本身,而且身体美和世间万物一样,每人在身体结构上都有自己的优点,而任何一个人都不可能完全完美,因此要创造最完美的人体,就要博采众家之长,把各个完美的结构"移植再造"到一个人的身上。而如果真实地去表现一个人的身体结构,又往往会变形到丑的状态。当两人带着酒和模特去野餐之后,他好像做了一个荒唐而艳丽的美梦,对用没有起伏的衣服覆盖身体美的中国衣饰传统更充满了改革的决心,对建造一个充满生命活力的世俗美的现代社会,更充满了必胜的决心。

这样的题材如果由邵洵美这样的作家写,完全会转化成一篇洋溢着下流情调和艳丽故事的文章。可是在徐志摩笔下,即使两个男人在商量着猎艳的过程,读上去反而变成了对人体美、对艺术美的自觉追求。因为出自对这个世界真诚的爱,在探究人类外在和内在美的热情的刺激下,两个有艺术自觉的人,在闲适的氛围中,在酒精的刺激与艺术审美的感召下,他们接近了上帝创造世界时的精神状态。面对美本身,人在社会上所属的阶级就失去了它的意义。在摆脱了势利的眼光和本能的肉欲的刺激之后,人的心灵才会真正显露出来,性灵的美才会真正在心里扎根,于是在大脑中有了清晰的认识,在思维和行动中有了自觉,最终向着艺术美的目标前进。

二、浓郁的情绪与叙事的调剂

徐志摩是中国叙事传统中新奇叙事的继承者,新奇叙事是中国小说吸引读者的诀窍。我们可以发现在中国传统故事叙述中,新奇叙事是决定故事传播效果的关键性因素。唐传奇故事中塑造了那么多神奇的英雄,记载了那么多奇异的故事,在后来笔记体的小说中这个传统被继承下来,如纪晓岚的《阅微草堂笔记》中,就给我们留下了许多传奇性的故事。其实像《聊斋志异》中的故事,多以鬼怪的面貌掩盖了它奇异叙事的原始风貌。《西游记》本身就是奇异故事。而把严肃的历史转化成奇异故事的《三国演义》,成为了最受大众欢迎的历史小说,这都是奇异叙事和大众阅读趣味完美契合的一个证明。梁实秋把徐志摩笔下的奇异叙事视之为有趣的枝节,今天我们应该把这个有趣的枝节恢复成它的本来面貌,我们应该清楚地认识到奇异叙事是徐志摩散文成功的一个重要基础。

在《翡冷翠山居闲话》①这篇朴实的散文中，作者描写了意大利一个果园的奇异情景。在一个果园里，"那边每株树上都是满挂着诗情最秀逸的果实"。徐志摩用了一个令人意想不到的比喻，一个青春可爱的果实可以激发起观者最纯粹的诗情画意，每一个果子都像画里面的一样，清脆可爱，但徐志摩把客观的果实变成了主观的果实，把观察对象变成了美本身，一下子就打破了主客观的认识界限，使读者进入了作者创造的迷幻艺术世界中：在这样的果园里，"假如你单是站着看还不满意时，只要你一伸手就可以采摘"，可以肆意地品尝新鲜果实的美味。有人认为这种叙事是"陌生化"叙事，因为本来在一个果子园里采一个鲜美的果实，尝到果子最鲜美的味道的确是一件趣事，但在徐志摩笔下，这件普通的趣事却变成了似乎是人生中第一次遇到的最神奇的故事，就像以前从来没有尝到过从树上直接采摘下来的果实的香味一样。其实这样的机会虽然不多，尤其对居住在现代城市里的人来说，但也不是说此生绝无仅有，或者说以前从来不知道可以这样尝到鲜果的美味一样。这个细节显示出徐志摩充分利用了"陌生化"的艺术效果，给读者制造了一个奇异的叙事场景。这是徐志摩奇异叙事的第一个方面，他制造出一个"陌生化"的艺术情境，化腐朽为神奇，化普通为奇异，化感情为性灵，化平凡为唯美，使读者的心灵世界在他塑造的艺术世界的感召下欣欣然张开了眼，像第一次张开双眼而又灵窍全开的稚童一样，对世间所有的事物，无论它是平凡还是惊艳，都充满了好奇。

品味徐志摩叙述个体精神体验与其穿衣打扮的关系，就可以看到他在平凡中发现生活美的能力。在平凡的日子里，我们总是为自己的外形而苦恼，为自己的衣着而苦恼，为自己的言行而苦恼，为与世界发生的冲突而苦恼，你感觉你的灵魂无处安放，你感觉日子平凡得让你的精神痛苦。其实即使你在心仪的灵山中隐居，秀美或壮丽的景色也只能一时令你心旌摇荡，再奇异的景色看得久了，也会化为平凡。因此我们说美在世界上随处存在，这个世界上不是不存在美，而是缺少一双发现美的眼睛，强调的是这个世界不是过于平凡，而是缺少一个制造有趣的灵魂。徐志摩一个人在山中，也能制

---

① 蒋复璁、梁实秋编.徐志摩全集（第三卷）[M].北京：中央编译出版社，2014：88–90.

造出让心灵惊喜的乐趣。"作客山中的妙处,尤在你永不须踌躇你的肤色与体态",不用关心自己的衣服和你的外表,只需要按照你的想法去快乐地生活。"你不妨摇曳着一头的蓬草,不妨纵容你满腮的苔藓,你爱穿什么就穿什么;扮成一个牧童,扮一个渔翁,装一个农夫,装一个走江湖的杰卜闪,装一个猎户;你再不必提心整理你的领结,你尽可以不用领结,给你的颈根与胸膛一半日的自由,你可以拿一条艳色的长巾包在你的头上,学一个太平军的头目,或是拜伦那埃及装的姿态;但最要紧的是穿上你最旧的旧鞋"[①]。你可以说徐志摩头脑中闪现的都是胡闹的情境,但你不得不承认在山居中,你自己是不会想到这样的轻松和自由的,你甚至不会想到山居中还可以这样去安排自己的生活。你更不会想到徐志摩特意提醒你穿旧鞋有什么好处。他强调"要穿上你最旧的旧鞋",你也许会迷惑,甚至会疑惑,不要以为徐志摩这是爱惜旧物、要废物利用或是爱惜你的新鞋,怕它被山石磨穿,徐志摩这个出身富贵家庭的子弟,爱惜旧物的观念是从来没有的。他要你穿上你最旧的旧鞋,"别管它模样不佳,它们是顶可爱的好友,它们承着你的体重却不叫你记起你还有一双脚在你的底下"[②]。读到这里你肯定会哑然失笑,原来一双旧鞋还有这样的作用。你会发现,无论徐志摩这个人多么胡闹,他都是一个有趣的灵魂,只有这样的人才能想到这样美妙的话语,才能产生这样奇异的想法,才能创作出这样奇异的艺术故事。而只有这样有趣的灵魂,才能真正做到化普通为有趣,把叙事转化成奇异叙事,把趣事转化成奇异的故事。

  他又会要求你严格遵守独身的约定,躲避年轻的女伴,就像"躲避青草里一条美丽的花蛇"。"平常我们从自己家里走到朋友的家里,或是我们执事的地方,那无非是在同一个大牢里从一间狱室转移到另一间狱室里去,拘束永远跟着我们,自由永远追寻不到我们;但在这春夏间美秀的山中或乡间你要是有机会独身闲逛时,那才是你福星高照的时候,那才是你实际领受,亲口尝味,自由与自在的时候,那才是你肉体与灵魂行动一致的时候"。[③]读到这里,我们都会发现自己已经长久处于"性灵关闭"的状态,我们生活

---

① 蒋复璁、梁实秋编. 徐志摩全集(第三卷)[M]. 北京:中央编译出版社,2014:88.
② 蒋复璁、梁实秋编. 徐志摩全集(第三卷)[M]. 北京:中央编译出版社,2014:88.
③ 蒋复璁、梁实秋编. 徐志摩全集(第三卷)[M]. 北京:中央编译出版社,2014:88-89.

在"牢狱"之中而不自觉，我们追逐青草里美丽的花蛇而不知道危险，我们已经长久地没有实际领略过自由与自在的味道，我们的肉体与灵魂已经太久地没有一致了。这就是徐志摩奇异叙事的妙处。他会创造一个新奇的艺术境界，把我们领入其中，领略它的美味，打开我们性灵的窗户，让我们自己去做出决断，其实是在他艺术世界的诱惑下，在艺术审美与心灵之窗洞开的情况下，我们甘愿做出的违背我们世俗意愿的行动，我们甘愿抛弃符合我们世俗趣味的享受，我们已经不再是自己了，我们要变成一个像徐志摩那样有趣的灵魂，一个知道自己心灵的窗户洞开着的自由人，肉体和灵魂一致的人。

"朋友们，我们多长一岁年纪往往只是加重我们头上的枷，加紧我们脚胫上的链，我们见小孩子在草里在沙堆里在浅水里打滚作乐，或是看见小猫追它自己的尾巴，何尝没有羡慕的时候，但我们的枷，我们的链永远是制定我们行动的上司！所以只有你单身奔赴大自然的怀抱时，像一个裸体的小孩扑入他母亲的怀抱时，你才知道灵魂的愉快是怎样的，单是活着的快乐是怎样的，单就呼吸单就走道单就张眼看耸耳听的幸福是怎样的。因此你得严格的为己，极端的自私，只许你，体魄与性灵，与自然同在一个脉搏里跳动，同在一个音波里起伏，同在一个神奇的宇宙里自得……你一个人漫游的时候，你就会在青草里坐地仰卧，甚至有时打滚，因为草的和暖的颜色自然的唤起你童稚的活泼；在静僻的道上你就会不自主的狂舞，看着你自己的身影幻出种种诡异的变相，因为道旁树木的阴影在他们于徐的婆娑里暗示你舞蹈的快乐；你也会得信口的歌唱，偶尔记起断片的音调，与你自己随口的小曲，因为树林中的莺燕告诉你春光是应该赞美的；更不必说你的胸襟自然会跟着漫长的山径开拓，你的心地会看着澄蓝的天空静定，你的思想和着山罅间的水声，山罅里的泉响，有时一澄到底的清澈，有时激起成章的波动，流，流，流入凉爽的橄榄林中，流入妩媚的阿诺河去……"①

这个世界有时是非常有趣的，我们会整天抱怨自己的平凡，我们会苦恼日子的普通，所以我们呼唤奇异叙事的故事，我们需要一个有趣的灵魂，帮我们打开心灵的窗户。真正当奇异叙事的故事放在我们面前时，我们又会觉得它过于天真淘气，而且我们会觉得通向光明的大路又过于普通和简单。

---

① 蒋复璁、梁实秋编.徐志摩全集（第三卷）[M].北京：中央编译出版社，2014：89.

读者甚至有时自己会觉得疑惑，难道仅仅转变一下观念，打开一下性灵的窗户，我们真的就可以通往理想境界了吗？但我们知道完美的理想境界是不存在的，徐志摩自己也没有到过天国，他自己对宗教都充满了怀疑，他所信奉的只是一个完美的艺术境界，他总想把一个自己塑造的艺术世界展现给我们。在他眼里完美的艺术世界就像人类最美的花园一样，是一个客观存在的事实，需要的是你打开心灵的窗户，张开性灵的双眼，你就可以发现天国就近在眼前，如果你把艺术等同于天国的话。在徐志摩的艺术世界里，我们重新发现了普通生活中蕴藏的诗意，平凡中被忽视的情调，这是徐志摩给读者带来的最大惊喜。

第二节 散文叙事的艺术特点

闻一多对郭沫若的诗集《女神》的批评主要集中在两点，第一是过于欧化，语言和精神都过于欧化，脱离了中国的艺术传统，因此他提出中国的现代白话诗要写成具有中国风格的新诗；二是反对郭沫若关于"诗只是一种自然流露，不是做出来的，只是写出来"的主张，提出自然的美不都是美的，美不是现成的。闻一多认为没有选择便没有意识，因为那样就无法鉴别美与丑了。徐志摩强调要诚心诚意地在实验中创作新诗歌，这和闻一多提出的"新诗要有音乐美、建筑美和图画美"的理论一脉相承。在白话诗被认可为一种新的诗歌形式之后，新月派代表人立志要创作出具有中国风格的新诗歌，他们立志要在新诗与旧诗之间建立一座不可少的桥梁。第二是把创作的重心从早期白话诗人关注白话转向诗歌本身，使新诗成为诗，而不是仅仅关注作者使用的语言是否白话。新月派举起了"使诗的内容及形式双方表现出美的力量，成为一种完美的艺术"的旗帜，中国的新诗创作从此进入了一个自觉的时期。新月派提出了"理性节制情感"的美学原则与诗的"形式格律化"的主张，针对的是感伤主义与虚假的浪漫主义，也就是诗歌中情感过分泛滥的问题。他们同时提出了"和谐与均齐"为新诗最重要的审美特征。这都是闻一多所提倡的"三美",即音乐美、绘画美和建筑美的各种变形。①虽然徐志摩在诗歌创作上很受闻一多诗歌理论的影响,在闻一多诗歌理论的指导下,他有意识地试验了诗歌的音乐美、绘画美与建筑美,但徐志摩总在不拘一格地试验与创造中追求美的内容与美的形式的统一,一切美的艺术真品提高着读者的审美力:徐志摩在新诗史上的独特贡献正在于此。②我们认为徐志摩在现代文学史上的地位也与此有关。

徐志摩对他认可的思想和理论有充分的尊重和实践的精神,在狄更生和罗素的影响下,他对东方文化中"性灵说"文学理论就很感兴趣,而且终生以此为指导进行文学创作。从他诗歌创作的历程,我们可以看出是他实践和突破闻一多诗歌理论的过程。同时身心自由、热爱创造的徐志摩,在诗歌和散文的创作上都不拘一格,既服膺于前人的理论,在前人理论的指导下进行创作,又不会拘泥于既有的理论,会追求开创出一条属于自己的路。他在散文叙事中坚持的奇异叙事与在性灵美主导下的唯美主义倾向,就把平凡化为奇异,把奇异化为唯美,把我们周围的日常世界化成了具有性灵美风格的艺术世界。

一、热情洋溢的生活细节

布伦坦诺在其《论美和想象的价值》这篇文章中,讨论了主观美与客观美的关系。他说,"如果我们说一个姑娘美,那么这概念名称用的是转移。这就和我们说,我们身外的事物是绿色的、红色的、暖的、冷的、甜的、苦的一样,是类似的情况。所有这些说法首先是表示所显现的东西,但然后也转用到可能影响我们而引起显现的东西上。如果希腊人说一种崇高的行为是美的,他们使用这个词是不是用转义,而是用本意,因为这个行为,比如一项高尚的活动,使我们觉得它是真实的,这不是感官错觉的情况。这种情况也表明,那些只知道把美这个概念名称应用在感性方面的人是不对的,崇高的行为不是感性的东西,这涉及与我们按照本意称为美的其他东西同属一个共同概念的东西,二者均为对一个第一性的客体的想象和快乐相联系,于是

---

① 钱立群、温如敏、吴福辉.中国现代文学三十年[M].北京:北京大学出版社,1998:99-101.
② 钱立群、温如敏、吴福辉.中国现代文学三十年[M].北京:北京大学出版社,1998:103.

我们就说这个物体是美的。"①徐志摩虽然用性灵美来关照整个世界，有时他也要遇到一些使用美的本意的对象，比如在《吸烟与文化》这篇文章中，他是从心灵美的本意来描写牛津大学的学术氛围。

徐志摩说"牛津大学是世界上名声压得倒人的一个学府"，其成功的秘密是它的导师制，而它导师制成功的秘密，据利卡克教授说，"是对准了他的徒弟们抽烟"。徐志摩说"在牛津大学或康桥地方要找一个不吸烟的学生是很费事的——先生更不用提。学会抽烟，学会沙发上古怪的坐法，学会半吞半吐的谈话"，然后才算是你在牛津大学和剑桥大学获得了合格的大学教育。"利卡克说，我如果有钱办学堂的话，第一件事我要做的是造一间吸烟室，其次造宿舍，再次造图书馆；真要到了有钱没地方花的时候再来造课堂。"②利卡克教授的谈话本身就是美的，就像布伦塔诺说，它们和真实的意图结合在一起，而且是和一种实际的创造大学的思路有着承继的关系。导师对着自己的学生吸烟本身就是美的，师生坐在一起抽着烟斗，以古怪的姿势坐在沙发上，用半吞半吐的谈话交流着学术问题。之所以谈话要半吞半吐，是因为很多话只需要一提，双方就会意明，双方已经懂得的谈话，就不要再浪费时间谈了，应该在更多有趣和值得交流的问题上展开谈话。这种行为本身和它在我们头脑中的重现，都充满了一种睿智，带着学者的古怪，成为一种智慧和有效率的谈话方式。如果说"吸烟美"还令人不够清楚卡利克教授所指的意思，那么吸烟的人和吸烟的环境是高尚和美的，就足够清楚地表现了美的客观与主观的差异。姿势和交流及二者共同组成的交流环境均令我们的想象和快乐联系起来，对我们来说他们都是能带来愉悦感的美。

虽然愉悦和美并不完全一致，比如吃糖是愉悦的，但对很多人来说不美，如果糖和毒药是混合在一起的话，它是恐怖是丑陋，是使精神感到痛苦的东西。因此从实用性和唤醒性这两个角度来看，抽烟推动英国学生养成了绅士的懒惰，就逐渐养成了"臭绅士的架子"，有架子的臭绅士。而有架子的臭绅士，不仅让周边人感觉不愉快，还会让他所处的环境本身不愉快。因

---

① 布伦塔诺.论美和想象的价值.载入刘小枫选编.德语美学文选（上）[M].华东师范大学出版社，2006: 236.
② 蒋复璁、梁实秋编.徐志摩全集（第三卷）[M].北京：中央编译出版社，2014: 91.

为他的懒惰，他在懒惰中不可磨灭的睿智和有效率的思考和交流，使得"臭绅士"可以创造一种有组织、有活力的文化，即使我们如何不情愿，"也得承认牛津或是康桥至少是一个十分可羡慕的学府"。徐志摩说"它们是英国文化的娘胎。多少伟大的政治家、学者、诗人、艺术家、科学家，是这两个学府的产儿烟味儿给熏出来的"，是合格的有架子的"臭绅士"，都是可以抽着烟、以古怪的姿势坐在沙发上，聊着使普通人如坠云雾、不知所云的有效率的思想上的碰撞，伟大智慧的聊天闲谈。但这种快乐属于天生智慧者的快乐，普通人无法体会，属于被唤醒模仿而无法自由享受。

徐志摩说他的眼"是康桥教他睁开的"，求知欲是康桥给他"拨动"的。他比较自己在美国和英国各两年留学的情况：在美国他忙的是上课、听讲、写考卷、啃橡皮糖、看电影、赌咒，在康桥忙的是散步、划船、骑自行车、抽烟、闲谈、吃五点钟茶牛油烤饼、看闲书。如果"到美国的时候是一个不含糊的草包，我离开自由神的时候也还是那原封没有动"。"但另换一个方向看法，我们也见到少数有见地的人再也看不过国内高等教育的混沌现象，想跳开了踩烂的道儿，回头另寻新路走去。向外望去，现成的牛津康桥青藤缭绕的学院招着你微笑；回头望去，五老峰下飞泉声中白鹿洞一类的书院瞅着你惆怅。这浪漫的思乡病跟着现代教育丑化的程度在少数人的心中一天深似一天。这机械性买卖性的教育够腻烦了，我们说。我们也要几间满沿着爬山虎的高雪克屋子来安息我们的灵性，我们说。我们也要一个绝对闲暇的环境好容我们的心智自由的发展去，我们说。"①

在这篇文章中，徐志摩把牛津大学、剑桥大学这样著名学府培养出来的学生的行为风范抽象总结为绅士的架子，而又把绅士的架子具体化为抽烟，以古怪的姿势坐在沙发上，学会半吞半吐的谈话，这样我们就对着他们的行为特点有了一个鲜明的印象：他们是古怪的，与众不同的，他们都爱抽烟，他们长时间待在沙发上神游天地，他们谈话时半吞半吐。在这样的学府，如果你没有形成这样的习惯，那是你所受的教育不够，同样，如果你不喜欢这样的行为风范，那是你无法理解有智慧的知识分子的行为特点。而牛津与康桥大学本身的魅力，就赋予了这种行为特殊的美，一种沉

---

① 蒋复璁、梁实秋编.徐志摩全集（第三卷）[M].北京：中央编译出版社，2013：92-93.

浸在智慧思考中抛却社会世俗，在勤奋思考与交流中提高智慧的水准，这是高等学府之所以培养出高等人才的重要原因。一旦你把握徐志摩谈论的重点所在，你就会发现抽烟、古怪的坐姿与半吞半吐的谈话方式，都是他信手拈来、从生活中找到的有趣的细节，而这些有趣的细节本身就充满了智慧的力量，因为只有沉浸在智慧的快乐中，你才能达到这样抛却一切世俗顾虑的状态。

有时很多人说徐志摩肤浅，但像这种信手从生活中选取含义最丰富、最有趣味的细节，这样的写作能力本身就令人惊叹，这是一种天赋，一种靠后天很难养成的能力。

别人在写自剖的文章时，往往会陷于一种亢奋，一种或失落、或绝望、或庆幸的精神状态，因为生活给人带来的结果，与个体的期望有着千种关系，所以就有千种的精神状态。在写解剖自我的文章时，这千百种的关系，就会引导着人写出具有千百种情绪状态的文章，但在徐志摩的笔下，自剖的文章有着不同的色彩，他随时都忘不了那个充满活力的理想的自我。

他说："我是个好动的人，每回我身体行动的时候，我的思想也仿佛就跟着跳荡"。多么干净利落的语言，而在这语言中，一个爱动的、思想活跃的年轻人的形象就跃然纸上，我们获得最鲜明的印象是他的思想跟着他的行动在一起"跳荡"。人体机能不停止，他思想的"跳动"就不会停止。一个不仅聪明而且精力充沛，表现欲又过于旺盛的年轻人的形象就立体地展现在我们面前。所以当他说"是动，不论是什么性质，就是我的兴趣，我的灵感。是动就会催快我的呼吸，加添我的生命"时，我们会感到他的生命中有一种急迫的力量，一种急迫地展现自我、燃烧自我的倾向。一个体内有过分的光明，心神在热情的推动下燃烧着、煎熬着他的理智，让他在快乐与痛苦中追求爆发的欲望，抑制着他的理智和情感。由此我们知道他注定是一个不平凡的年轻人，而与他的不平凡相匹配的，是他精神上感受到的热情与煎熬、理智与痛苦。

他的精神也会陷入低潮，在他情绪低落时"燃烧的习惯"与表现自我的理智，又在推动着他往前走。"我这次到南方去，来回也有一个多月的光景，这期内眼见耳听心感的事该有不少。我未动身前，又何尝不自喜此去又可以有机会饱餐西湖的风色，邓尉的梅香——单提一两件最合我脾胃的事，有好多朋友也曾希望我在这闲暇的假期中采集一点江南风趣，归来时，至少也该带回一两篇爽口的诗文，给在北京泥土的空气中活命的朋友们一些清醒的消遣。但在事实上不但在南方时我白瞪着大眼，看天亮换天昏，又闭上了眼，拼天昏换天亮，一只秃笔跟着我涉海去，又跟着我涉海回来，正如岩洞里的一根石笋，压根儿就没一点摇动的消息；就在我回京后这十来天，任凭朋友们怎样的催促，自己良心怎样的责备，我的笔尖上还是滴不出一点墨汁来，我也曾勉强想想，勉强想写，但到底还是白费！可怕是这心灵骤然的呆顿。"①这段文字里面有两个非常鲜活的意象被作者移用来，首先是南方爽口的小菜的印象，利用"爽口"这个词，把它用到自己的诗歌上，形容自己的诗歌，像爽口的小菜一样嘎嘣脆。第二个意象是当时北京的空气污染，北风一吹风沙满天，所以他说在北京的朋友生活状态是在北京泥土的空气中活命。这两个意象是作者信手拈来的，却带着特有的生活意味，提醒我们看到热爱生活的作者一直保持着观察生活、记录生活的习惯。"一只秃笔跟着我涉海往来，像山洞中的石笋一样，没有一点摇动的信息"这句话就把自己性灵锢锁、审美隐遁的状态表现了出来。因此我们仔细阅读徐志摩的散文，总能在他的散文中寻找到一些与众不同的生活意象，这些意象是他对生活中细节自由移用的结果。无论他的精神状态是高昂还是低落，我们在这一些意象所代表的生活细节中，总能看到在作者心中一直洋溢着热爱生活的激情。

二、充满诱惑的艺术王国

徐志摩曾问过《古史辨》的作者顾颉刚先生他一天读多长时间书，顾颉刚说除了吃饭与睡觉的时候，这当然是徐志摩的夸张的说法，人需要做的事情多着呢，岂止吃饭与睡觉，当然徐志摩这种夸张的说法是为了体现顾颉刚读书的辛苦，以此显示自己与顾相比是不努力的，但是与这样理想的顾颉刚相比，谁能说自己读书的时间很多呢？所以徐志摩口中的时间和程度，很多时候带有夸张，不必尽信。但是他强调只有认真读书，才算

---

① 蒋复璁、梁实秋编.徐志摩全集(第三卷)[M].北京：中央编译出版社，2013：157.

是做学问的思路是正确的。他自知自己不是不想学好,"但天生这不受羁绊的性情,一方在人事上未能绝俗,一方在学业上又不曾受过站得住的训练,结果只能这'狄来当'式的东拉西凑;近来益发感觉到活力的单薄与意识的虚浮,比如阶砌间的一凹止水,暗涩涩的时刻有枯竭的恐怖,哪还敢存什么'源远流长'的忘想?"①从这段话中可知徐志摩对学问的标准是很高的,他对自己的虚浮也有清醒的自知,他知道自己在很多问题上的认识并不深入,因为读书没有深入,没有专门的研究。但他对自己写作的自信有两点,一是活力的深厚,二是意识的沉潜。知道一个人把自己的心灵之窗打开,他所获得的活力是无止境的;由于他对世界的爱是真诚的,所以他能沉下心去,深入的观察和思考社会现象,是自己的观点远超同辈的原因。在这方面他有充分的自信。

我们来看他这一篇从技术上说很不成熟的《青年运动》②。徐志摩也认为这篇作品太"年轻"了,"思想是不经爬梳的,字句是不经洗练的,就比是小孩拿木片瓦块在一堆,却要人相信那是一座皇宫——且不说高明的读者,就我这回自己校看的时候,也不免替那位大胆厚颜的'作者'捏一大把冷汗!"③当然我们不能认作者自谦的话是理所当然。有时作者越是自谦的作品,越是他暗暗得意的作品。有时举重若轻、信手拈来的作品效果,要比作者认真爬梳、认真洗练字句的作品效果更佳,更受读者欢迎。因为读者和作者关注作品的角度不同,所得的结论也是不同的。

在这部作品中,徐志摩充分展示了他奇异叙事的写作能力。带着一个随从在乡间的路上走,遇到过几次狗叫,这样普通的乡间出行,他写成了像堂吉诃德漫游乡间那样的探险。"我这几天是一个活现的Don Quixote,虽则前胸不曾装起护心镜,头顶不曾插上雉鸡毛,我的一顶阔边的'面盆帽',与一根漆黑铄亮的手棍,乡下人看了已经觉得新奇与可笑"④。"面盆帽"是当时乡间对青年绅士们戴的礼帽的戏谑的称呼,他把自己的随从陆炳生写成了堂吉诃德身边的桑丘·潘沙。"我也有我的Sancho Panza,他是一个角色,

---

① 蒋复璁、梁实秋编. 徐志摩全集(第三卷)[M]. 北京:中央编译出版社,2013:3.
② 蒋复璁、梁实秋编. 徐志摩全集(第三卷)[M]. 北京:中央编译出版社,2013:17–22.
③ 蒋复璁、梁实秋编. 徐志摩全集(第三卷)[M]. 北京:中央编译出版社,2013:3.
④ 蒋复璁、梁实秋编. 徐志摩全集(第三卷)[M]. 北京:中央编译出版社,2013:17.

会憨笑,会说疯话,会赌咒,会爬树,会爬绝壁,会背《大学》,会骑牛,每回一到了乡下或山上,他就卖弄他的可惊的学问,他什么树都认识,什么草都有名儿。种稻种豆,养蚕栽桑,更不用说,他全知道,一讲着就乐,一乐就开讲,一开讲就像他们田里的瓜蔓,嗯,又细又长又曲折又绵延(他姓陆名字叫炳生或是丙申,但是人家都叫他鲁滨逊)"[1]。在遇到狗的时候,徐志摩的"桑丘·潘沙"也就是大家嘴中的鲁滨逊,他自称会念降狗咒,一念狗就害怕。但在徐志摩看来,实际上并没有效果。"他会念降狗咒,据他说一念狗子就丧胆,事实上并不见得灵验,或许狗子有秘密的破法也说不定,所以每回见了劲敌,他也免不了慌忙,他的长处就在与狗子对嗥,或是对骂,居然有的是王郎种,有时他骂上了劲,狗子倒软化了。但是我终不成,望见了狗影子就心虚,我是淝水战后的苻坚,稻草藤儿、竹篱笆,就够我的恐慌,有时我也学Dan Quixote那劲儿,舞起我手里的梨花棒,喝一声孽畜好大胆,看棒!果然有几处大难让我顶潇洒的蒙过了。"[2]这样的故事就化普通为神奇。把两个人平凡的乡间出行变成了神奇的旅游探险故事。

在当时所有的作家中,自我意识最强的是表面上没有任何主张的徐志摩,很多朋友把他的社交能力视之为没有坚强的个人原则,是对他在美国形成的妥协与合作原则的误解。其实徐志摩不仅有主观的坚强意志,在文艺上尤其有自己明确的主张,就像之前我们谈论的那样。我们要增加一个新的观点,就是在徐志摩所有的作品中,都有一个不可忽视的他个人形象的存在,无论作品的主题是什么,也不论作品关注的重点是谁,哪怕犯了喧宾夺主的忌讳,他也会毫不犹豫地展现自我,因为在他的心中有着一股不可遏制地展现自我的热情,这是他生命存在的意义。在这篇谈论青年运动的作品中,徐志摩把自己塑造成了中国的堂吉诃德,他带着面盆帽、拄着手杖在乡间出行,带着一个像桑丘·潘沙一样的随从。在和狗相见之后,他说自己是肥水战后的苻坚,杯弓蛇影,实在无法可办时"舞起手里的梨花棒,喝一声孽畜好大胆,看棒!果然有几处大难让我顶潇洒的蒙过了"。这就是典型的徐志摩的风格,无论他的字句多么绵密,结构多么完整,他都要见缝插针地塑造

---

[1] 蒋复璁、梁实秋编.徐志摩全集(第三卷)[M].北京:中央编译出版社,2013:17.
[2] 蒋复璁、梁实秋编.徐志摩全集(第三卷)[M].北京:中央编译出版社,2013:17.

出一个自我的形象，虽然这个形象带有轻微的自嘲，自我的形象是必然会出现的。他如此描写乡间老人的休息："绿田里豆苗香的风一阵阵的吹过来，吹散他的烟氛，也吹燥了他眉额间的汗渍；我就感想到大自然调剂人生的影响；我自己就不知道曾经有多少自杀类的思想，消灭在青天里，白云间，或是像挑担人的热汗，都让凉风吹散了。"①当老农感到难得的闲适时，徐志摩感受的却是自杀，在绿田里豆苗香的风阵阵吹来的背景下，徐志摩谈论的却是自己多少次涌起过的自杀的念头，虽然这些想法都消失在白云间青天里，让我们看到一个爱做惊人之举的徐志摩，一个不甘寂寞、必然寻找各种办法表现个人的形象，在他塑造的艺术环境中最有魅力的个人形象。

在介绍国外文化时，鲁迅偏重于对中国社会的实际意义，周作人偏重于讲清楚它的知识谱系，胡适则借机介绍它的大胆假设、小心求证的思想体系，徐志摩则侧重文化知识对中国人性灵发展的推动作用。这篇文章中他重点介绍的是德国正在开展的青年运动，虽在11年前仅仅2000人参加一个大会，11年后已经有100多万的青年男女加入。而德国人很明白他们的组织性质，他们聚在一起穿街游巷，晚上依靠唱歌跳舞来交换他们的住宿，外国人见了只当是童子军性质的组织。对青年人来说带有鲜明的波希米亚风，而且他们仅仅"他们不饮酒（德国人原来差不多没有不饮酒的），不吸烟，不沾染城市的恶习。他们的娱乐是弹着琵琶或是拉着梵和玲唱歌，踏步游行跳舞或集会讨论宗教与哲理问题。跳舞是他们最大的特色"。②"这样伟大的运动不能不说是这魆魆的世界里的一泓清辉"，为全人类有理想的青年"开辟了一条新鲜的愉快的路径"。他们恢复了德意志民族的古风，在艺术与礼貌中，在青年人的性灵中，"自然的精神又取得了真诚的解释与标准"。"他们的觉悟是自动的，自然的，根本的；这运动也产生了一种真诚的友爱的情谊，在年轻的男子女子间，一种新来的大同的情感，不是原因于主义的激刺或党规的强迫，而是健康的生活里自然流露的乳酪，捷径是他们的生活的纤微，愉快是营养。""我这一直的感想写完了，从我自己的野游蔓延到德国的青年运动，我想我再没有加案语的必要，我只要重复一句滥语——民族的

---

① 蒋复璁、梁实秋编.徐志摩全集（第三卷）[M].北京：中央编译出版社，2013：20.
② 蒋复璁、梁实秋编.徐志摩全集（第三卷）[M].北京：中央编译出版社，2013：21.

希望就在自觉的青年。"①

从整体上说这是一篇介绍新文化运动的文章,应该是一篇比较枯燥的作品。但经徐志摩奇异叙事的技巧渲染之后,经过与堂吉诃德和桑丘·潘沙故事的对比,他引出了自己与陆炳生在乡间与狗搏斗的故事,在旅途上观察农民休息的故事,经过介绍自己数次有自杀思想的过渡,他表现了自己对当下社会的不满,而在追求新生的运动中,德国青年的文化运动显示了自觉的青年在实践中的表现也最符合徐志摩的文化理想,也最具有文化新生的要求,最能显示民族的希望。所以这虽然是一篇"跑野马"式的散文,甚至像作者所说是"把一些木片、瓦片堆在一起"就称之为散文的作品,却体现出作者通过奇异叙事的技巧,把日常生活转化成有意义的文化生活,把日常生活与文化追求结合为一体的文化"狂人"眼中的新生活,徐志摩提炼出的那些闲适有趣的细节,转化成了充满诱惑力的艺术细节,把理想的文化生活转变成了对普通人有致命诱惑的艺术境界。他笔下的艺术世界,充满诱惑力的艺术王国,被这个艺术王国吸引的,不仅是作者本人,还有与他志趣相同,被他的作品打开心灵窗户的人。就像他作品的主旨——民族的希望就在自觉的青年一样,他的作品最理想的读者是对生活有理想、有期望,对未来有目标、有追求,正在探索自己的生活之路,寻找志同道合一起携手开创光明未来的青年人。

---

① 蒋复璁、梁实秋编. 徐志摩全集(第三卷)[M]. 北京:中央编译出版社,2013:21.

第四章　尝试小说创作与叙事艺术的发展

在徐志摩所有的作品中小说最不受关注。在他唯一的小说集《轮盘》的"自序"中，徐志摩很坦然地承认说："我实在不会写小说，虽则我很想学写。我这路笔，也不知怎么的，就许直着写，没有曲折，也少有变化。恐怕我一辈子也写不成一篇如愿的小说，我说如愿因为我常常想像一篇完全的小说，像一首完全的抒情诗，有它特具的生动的气韵，精密的结构，灵异的闪光。"[①]我们知道徐志摩能走上文学创作，首先是天资聪颖的他从小就对文学化的语言艺术非常感兴趣，他创作的八股文从小就能成为范文，写作课的成绩一直是最受老师尊重和同学认可的。我们认为他之所以要选择走上文学的道路，第一，他自己虽然对社会学的问题很感兴趣，但缺乏真正站得住脚的训练，也就是说他虽然拿到了一等荣誉学位和硕士学位，但在学术训练上并没有坚持科学、系统的训练，只是利用自己的聪明，通过了学业考试，写出了令导师认可的文章，但在知识的积累上，并不系统。第二，我们认为徐志摩一直没有形成自己独立的思想和理论体系，他只是在狄更生和罗素的影响下形成了一些具有现代化的倾向，像追求爱、美与自由，形成了绅士风度和个人主义倾向的思想，他的很多想法更是一种理念化、概念化的认识，没有形成丰富的体系化的理论基础，所以很难写出有理论深度和独立思考、体系严密的理论文章。而且在徐志摩的文章中，我们发现他过于注重表现自我的魅力，当这种表现常常破坏了文章的结构，甚至使叙述者难以保持他客观观察的角度时，我们知道这种表现就成了妨碍他进一步提高自己写作水平的个

---

① 蒋复璁、梁实秋编. 徐志摩全集（第四卷）[M]. 北京：中央编译出版社，2013：4.

人习惯。可以说这是徐志摩写作的最大的问题,虽然这也是他取得成功的一个原因。因为他是一个有充沛生命力的个体,但这种倾向使得他的写作处于天才式写作的水平,完全依靠自己的文学才华进行自由化的写作。在他后天的阅读中积累的知识和心得,观察社会发展的系统性变化,或者说他在学校教育中获得的知识体系和在生活观察中获得的直观体验,应该能形成体系化的思想和理论,但是由于缺乏客观化的立场,缺乏叙述者和叙述对象保持一种适度的距离,使得这些内容无法成为他关注的对象和叙述的主要内容,成为他思考和描写的最大助力。

所以我们翻看悼念徐志摩的文章中,无论是他的好友梁实秋、杨振声这些人,还是亦师亦友的胡适,还是他的红颜知己林徽因,都没有关注他的小说写作。这说明他在小说写作方面取得的成绩是不值得时人关注的。而我们更倾向认为,在这些人的心目中,徐志摩的小说创作和他的散文创作是没有区别的,或者说他们更倾向于把徐志摩创作的小说视为他散文的一个部分,一个在形式上更加散漫、在写作上更加自由,只是加入了个人幻想的散文写作。因此正是从这个角度,我们可以试着谈一谈他小说叙事方面取得的一些成就。

第一节 小说叙事方面的成就

徐志摩只出版了一本小说集,题目也起得很怪,叫《轮盘小说集》,是以其中一篇小说的名字作为文集的名称,不像其他作家那样一般把小说集的名字叫《轮盘》,似乎他唯恐读者把小说集的名字当成一部长篇小说的名字。从这个文集的名称可以看出徐志摩的自谦和对文集名称的吹毛求疵。唯恐读者误解,是他善于社交的一个证明。他是一个把读者装在心中的作家,一个对市场并不拒斥、甚至自觉遵守规则的现代绅士。从文集的名称可以看出他是一个活泼的人,更是一个较真的人。整个文集一共收录了11篇作品,或者说一共收录了11篇小说。这11篇小说最早的是发表在1923年《努力周报》上的《春痕》，最晚的是1929年2月3日写完的《轮盘》，时间的跨度接近7年，而仅仅只有11篇小说，对名满天下的徐志摩来说，这样的创作成绩是稀少的。

但我们不能因为成绩的稀少而否认他在小说创作方面的努力。他自认也常常想写一篇完全的小说，一篇令他满意的小说，但是受个人写作风格所限，文笔喜欢直写而少曲折，或者说他更喜欢就一个问题"跑野马"似地随意而谈，不喜欢把一个故事曲折婉转、完整地写给读者看。同时他对小说的结构存在着误解，他认为小说应该像抒情诗一样。对一些中短篇的诗化小说来说，这样的写作倾向是可以接受的，对具有现实主义风格的小说来说，这样的写作倾向是错误的。小说要有一个完整的结构，人物和事件要有曲折变化。尤其是作者把人物塑造立体化以后要给人物独立行动的空间。就像托尔斯泰所说，他不得不看着安娜·卡列尼娜自己走向车轨，虽然他自己痛苦得直哭。徐志摩欠缺的正是这样的精神。虽然他可以把人物塑造得鲜活，但总希望去控制人物的精神，让人物变成像他那样的绅士，哪怕他的主角是女性。这是限制他小说写作水平提高的一个重要原因。

一、努力尝试小说创作

徐志摩一直保留了阅读小说的热情。根据他的《府中日记》可知，虽然开始他抄录了很多诗歌，慢慢地，对民间传闻和社会故事的热情超过了诗歌，后来就改而抄录了很多丛话。我们都知道很多诗歌丛话写到后来就像小说中的故事一样，充满了新奇。正式进入杭州府中学习的第二天，除了买笔记本和信封，他就买了《新三国》和《新西游记》这样的小说，当晚就阅读了三册《新西游记》，可见他嗜读小说程度之重。与同学闲谈时，他纵论小说剧谈略数千言，甚乐，并立即与同学定下了第二天互相拜访、礼拜日共游西湖的计划，后多次在日记中出现阅读小说的记载。这段日记最后一个半月的记载，都是他抄录沈毓修著译的《谦本图旅行记》，这是一本偏于记事的旅行游记，当时能在世界各地游历本身就是新奇到值得关注的事件。到美国留学虽然受学业牵制留下很少阅读小说的记载，可是他记录同学朱霖的情史，记载一些社会问题的看法和生活琐事时，于自觉与不自觉之间用了小说笔法，偏于记载故事，特别关注故事情节的曲折，并不是平铺直叙并以略记为主。当然这样的记载与真正的小说相比，还是偏于直来直去，毕竟是日常故事的真实记载。但由此可以发现徐志摩小说的一个特点，与创作小说靠个人幻想不同，他创作小说更偏于社会事实的记载，更像是他亲身经历的故事，或他观察到的或听说过的身边朋友发生的真人真事。这是徐志摩自认小说不够曲折的一个主要原因，受所听到的故事的影响，更多把精力放在语言锤炼、氛围渲染上，而对故事本身的曲折和变化着力不足。

  他曾认真地阅读过福楼拜、康拉德、契诃夫、曼殊菲尔、伍尔夫夫人、乔治·莫尔等人的小说。曾经因为阅读这些人的作品而兴奋、佩服、神往。然后他不合时宜地说："这才是文章！文章是要这样写的：完美的字句表达完美的意境。高仰列奇界说诗要Best words in best order。但那样的散文何尝不是Best words in best order。他们把散文作成一种独立的艺术。他们是魔术家。在他们的笔下，没有一个字不是活的。他们能使古奥的字变成新鲜，粗俗的雅训，生硬的灵动。这是什么秘密？除非你也同他们似的能从文字里创造有生命的艺术，趁早别多造孽。"① 他在谈小说的创作时，突然"跑野马"似的，谈到了写作散文和诗歌的语言问题上，把散文创作者的写作技巧捧上了天，吹捧他们能像变魔术似的最大程度地把文字变得充满了艺术的魔力。这虽然是他的阅读心得，或者是他的个人发现，可是他在小说集序言中谈小说创作，此时他应该讲的是自己的创作心得，却突然转到散文创作的语言问题上，这就是徐志摩特有的"跑野马"似的特点。他对西方小说家的阅读范围当然不止于此。《时事新报·学灯》的编辑向他约稿时，他放下手中的书，拿出装满自己手稿的包裹任由对方选择，而此时他放下的书，是后来文洁若翻译的蜚声世界文坛的爱尔兰大作家詹姆斯·乔伊斯创作的《尤里西斯》。以他在康桥大学养成的绅士的慵懒，和他疏懒的天性，或热情开始做却往往半途而废的做事特点，他还是坚持翻译了《曼殊菲尔小说集》《赣第德》和《玛丽玛丽》前9章，这些是他在小说翻译方面最大的成就，也是他为自己创作小说积累的最大素材。同样可以看出徐志摩对小说创作是充满了热情，但

---

① 蒋复璁、梁实秋.徐志摩全集(第四卷)[M].北京：中央编译出版社，2013：4.

是还没有找到一个合适的写作方法和角度去展开、叙述自己的故事。

徐志摩也很少能从他身边的好友中汲取写作小说的勇气和热情。胡适倡导的是希望大家写作传记，尤其是自己的传记。同样成为大学教授的闻一多，专心于古诗的研究，连绘画和诗歌都不再创作，只保留了刻图章这一爱好。他身边只有陈衡哲和凌淑华是写小说的。在剑桥大学时期，他和瑞恰兹这些新批评派文人很熟，但对他们团体中的女性诗人，虽然他用崇拜的眼睛和语言描写了曼殊菲尔，当他真的开始小说创作时，他在心里想与之对抗和超越的，还是男性作家。陈衡哲和凌淑华可以成为他的好友，可以成为他通信的对象、享受自由通信幸福的伴侣，他甚至可以把《轮盘小说集》献给陈源和凌淑华，但在选择写作方向时，我们认为他并没有认真研读和吸取陈衡哲和凌淑华的创作经验心得。我们觉得徐志摩还没有摆脱东方文化的影响，虽然他口口声声说要找一个灵魂的伴侣，但在灵魂深处还很难做到男女平等，在是否写小说或怎么写好小说这个问题上，他对凌淑华和陈衡哲这两个身边好友的成就认识不足，他更重视的还是男性朋友的观点和影响。

我们认为徐志摩对小说创作的态度是严肃的，立场是很值得肯定的。虽然他的小说记录了很多私人的情感，但是他没有沉浸在完全自我的世界中，他也没有为自己的小说四处登广告，夸大自己小说的成就。他距离当时的很多文学运动很远，在别人都毫不吝惜时间与精力，"极天真烂漫"地在自己所有的杂志上辱骂敌人时，徐志摩把这样的时间与精力放在了写作小说上。当时很多参加文学运动的文人，"专以提出属于个人私事来做嘲弄张本的战术。所骂越与本题相远，则人皆以题材别致抚掌同情的越多。所谓'扯破绅士体面的衣服'，所谓'大无畏精神'"[1]，结果是"骂来骂去，两方面好像都抓出不雅观的什么了"，最后期刊倒闭，文学运动便算结束，"奏凯者从此就似乎更伟大了"。[2]沈从文说这是当时做文坛战士的捷径，但只是给很多聪明的中国学生提供了很多无聊的杂志消遣而已。在沈从文看来，徐志摩这个小说集是创作而不是杂感，因为徐志摩与文学运动无关，他把自己排除在1928年的文学运动以外。沈从文说："作者在散文与诗方面，所成就的华丽

---

[1] 蒋复璁、梁实秋.徐志摩全集（第四卷）[M].北京：中央编译出版社，2013：2.
[2] 蒋复璁、梁实秋.徐志摩全集（第四卷）[M].北京：中央编译出版社，2013：3.

局面，在国内还没有相似的另一人，在这集中却仍然保有了这独特的华丽，给我们的是另一风格的神往。"①沈从文肯定了徐志摩创作态度的严肃。在这一点上他和徐志摩的观点是一致的，文学艺术应该从社会运动和文学运动中独立出来，文艺创作应该是独立的性灵的创作，不应该成为一时文学运动的附庸。同时沈从文肯定了徐志摩在这个文集中保留的语言上的华丽，对读者性灵的滋润。这一点是徐志摩在诗和散文的创作中一直保留、现在移植进了他小说的创作中，这是徐志摩小说对读者最大的吸引力所在。读者在徐志摩诗和散文中所得到的教益，在他的小说中也依然可以得到。不得不说，沈从文在写这篇序言的时候，确实用了心思，这时沈从文也是一个写文章的高手，他知道读者阅读徐志摩的文章最想要的是什么，并把这内容预支给了他的读者。这是一篇很优秀的序言，不仅指出了文集最大的特点，也是一支优秀的广告。

通过沈从文的介绍我们可以知道，徐志摩在小说创作方面没有登过广告，只是在他性灵的指导下，创作了纯粹的文艺作品。徐志摩这些小说没有受当时流行的文学运动的影响，不是文以载道的小说，而是纯粹性灵的小说。徐志摩创作这些小说的目的不是为了让自己变得更伟大，而是在自己文艺思想蓬勃涌动的情况下不得不进行的创作。徐志摩的小说创作保留了他特有的华丽，读者在他的小说中可以得到与读他的散文和诗歌一样的教益。虽然当时有人攻击徐志摩是一个文化绅士，把他视为一个落伍者，但这部文集依然保留了它能推动年轻人思想进步的功能。

二、小说题材选择的勇敢

在杨振声看来，徐志摩所处的环境比任何人都痛苦，但他没有抱怨过，他的行事受攻击很多但他并未攻击过旁人。因为他是那般的天真！他不会与别人计较是非。"他喜欢种种奇奇怪怪的事，他一生在搜求人生的奇迹和宇宙的宝藏。哪怕是丑，能丑得出奇也美；哪怕是坏，坏得有趣就好。反正他不是当媒婆，作法官，谁管那些！他只是这样一个鉴赏家，在人生的行程

---

① 蒋复璁、梁实秋编. 徐志摩全集（第四卷）[M]. 北京：中央编译出版社，2013：3.

中，采取奇葩异卉，织成诗人的袈裟，让哭丧着脸的人们看了，钩上一抹笑容。这人生就轻松多了！"①杨振声说，在这可怜的社会中生活着的可怜的人们，"谁不是仗着瞎子摸象的智慧，凭着苍蝇碰窗的才能，在人生中摸索唯一引路的青灯，总是那些先圣往哲，今圣时哲的格言，把我们格成这样方方板板的块块儿。于是又把所见的一切，在不知不觉中与自己这个块块儿比上一比，稍有出入便骂人家是错了。于是是非善恶，批评叫骂，把人生闹得一塌糊涂，这够多蠢！多可怜！志摩他就不———一点也不。偏偏这一曲《广陵散》，又在人间消灭了！"②徐志摩以真挚的天真活在这个世界，虽然总引起别人的误解，但他比很多人更成熟更坚强，不会计较别人的是非，而是专心致志地喜欢种种奇奇怪怪的事，把自己的一生用在"搜求人生的奇迹和宇宙的宝藏"上，丑要丑得出奇，坏要坏得有趣，但像徐志摩这样的人，是不会容忍庸俗的丑和坏的。他比别人更加勇敢地探索自己的路，在性灵的指引下，坚持自己追求爱、美与自由的文艺之路，时时把自己看到的各种奇特的风景，以儿童的天真热情指给他的读者看。在别人计较和抱怨的时候，徐志摩沉浸在搜求的乐趣中，把别人批评叫骂的时间用在了挖掘自己的性灵之美、塑造自己文艺的"水晶世界"上。这是徐志摩最难能可贵的，也是他一直保持进步的原因。

这部小说集共有11篇小说，虽然创作的时间跨度接近7年，但创作这些小说的内在的精神是统一的，作者以真挚的文艺态度、饱满的创作热情，创作出了让自己的灵魂颤抖的小说。这些小说选材之勇敢，让我们看到了那个沉浸在自己搜求乐趣中的徐志摩，丝毫不顾及世俗的眼光和抱怨，更不顾及那些恶意的批评，在纯粹的文艺道路上勇敢地探索。

在《春痕》这篇小说中，作者选取的是一个中国留学生和一个日本女学生的爱情故事。"五四运动"以来中国和日本的关系就很敏感，而东三省形势的发展，进一步加剧了中日民间对战争的忧虑。在中日民间交往问题上，徐志摩与普通民众一样也受到民族主义情绪的影响。在美国留学期间，遇到一个同班留学的日本学生，徐志摩认识到日本人做事态度端正，专心致志在

---

① 蒋复璁、梁实秋编.徐志摩全集（第一卷）[M].北京：中央编译出版社，2013：246.
② 蒋复璁、梁实秋编.徐志摩全集（第一卷）[M].北京：中央编译出版社，2013：246.

专业知识上。在两人交往时，徐志摩还是受民族主义情绪的影响，"我甚鄙小鬼，每与语若临下属，而彼亦惴惴，惟恐我不豫。弱而不诎，此之谓大国民。虽然拙而无恐，无持而骄，乾惕主义乎？"①徐志摩在中日民间交流上有自己深入的思考，在留美期间就做到了反思自己受民族主义情绪影响而采取的自大态度。经过英国留学之后，"性灵之眼"被打开的徐志摩，在中日交流的问题上有了更宽容的立场。在陪同泰戈尔到日本演讲的过程中，他模仿泰戈尔的《新月集》创作了系列的小诗，其中最为著名的就是我们熟知的《沙扬娜拉》，他对日本女性体态美的仔细描摹，对日本女性温柔敦厚的描写，体现出他对日本人民的态度是同为人类的友好立场。笔者认为徐志摩很早就做到了把日本人民和日本军国主义者区别开来，以同为人类的真挚的友谊之爱去关爱日本人民，尊重日本文化。这个态度也是中日人民友好相处、团结友爱的基础。

《春痕》这篇小说中春痕和逸二人纯洁的爱情故事，就像园子里满地盛开的鲜花一样，安慰着读到这篇小说的中日人民的心灵。一个23岁的中国青年和一个20岁的日本女性，在朝夕相处中自然地相爱了。这篇小说中徐志摩大胆描写了在医院中割掉肠膜的春痕的病房，"只见这间长形的室内，一体白色，白墙白床，一张白毛毡盖住的沙发，一张白漆的摇椅，一张小几，一个痰盂。床安在靠窗左侧，一头用矮屏围着。逸走近床前时，只觉灵魂底里发出一股寒流，冷激了四肢全体。春痕卧在白布被中，头戴白色纱巾，垫着两个白枕，眼半阖着，面色惨澹得一点颜色的痕迹都没有，几于和白枕白被不可辨认，床边站着一位白巾白衣态度严肃的看护妇，见了逸也只微颔示意，逸此时全身的冰冷重复回入灵府，凝成一双重热的泪珠，突出眶帘。"②徐志摩在创作中很善于描写一些生活上的细节，像他描述日本医院的细节，对当时的中国是很大的刺激。因为像他这样的欧美留学生，总会惊讶中国医院的肮脏污秽，此时借着描写日本医院病房内的详细情况，实际上再次重申了欧美留学生对中国医院的批评，拿比欧美医院更低一等的日本医院进行比较，更显出欧美留学生观点的可信。中国传统文化中对生老病死是

---

① 虞坤林编.志摩日记新编[M].杭州：浙江人民美术出版社，2017：154.
② 蒋复璁、梁实秋编.徐志摩全集（第四卷）[M].北京：中央编译出版社，2013：11-12.

很忌讳进行详细描述的，而徐志摩敢于把病房的情况详细地描写出来，难怪他会被很多人批评。这种视中国文化禁忌如无物的创作态度，甚至显露出以挑战中国文化禁忌为快乐的创作倾向，刺激了很多传统文人的神经。在徐志摩看来，经过这样的刺激才能打破中国文化的禁忌，让传统文人敏感的神经变得迟钝起来，中国文化革新的道路会更容易。

在《老李》这篇小说中，记载的是因争夺祭产引起纷争最后导致悲剧的故事。与鲁迅开创的乡土小说的写作风格不同，徐志摩创作的小说起因虽然是祭产，但故事并不发生在两个纯粹的农民身上，像小说《一千八百担》那样。他的故事发生在两个已经脱离农业生产的人中间，一个在他乡当兵做了连长，一个是当地小学校长，而背后歪曲事实煽动闹事的是老李的族叔。徐志摩没有叙述事情的来龙去脉，只是在语言和思维流动中让读者自己把故事的前因后果整理清楚。与他的剧作《卞昆冈》不同，这篇小说详细叙述了猛三杀害老李的过程，利用旁观者的讲述达到了展现暴力恶的目的。而《卞昆冈》中，李七妹和尤桂生弄瞎卞昆冈儿子阿明的眼睛的过程，作者是略写的，不像这篇小说详细叙述了猛三行凶的过程和死后二人尸体的姿态和身上伤口的情况。

而《浓得化不开》之《星加坡》和《香港》，写的都是年轻男性的泛性心理。在星加坡（即新加坡），廉枫在性的冲动下观察朱古律姑娘，连她长的样子都没有看分明，留下的只是她是一个娇艳女人的刺激。"乌黑的惺松的是她的发，红的是一边鬓角上的插花，蜜色是她的玲珑的挂肩，朱古律是姑娘的肌肤的鲜艳。"①在廉枫的眼中，这个朱古律姑娘虽不是他所爱，却是勾起他的性欲而产生性幻想的对象。只能一个人待在旅馆看雨的时候，看到这样一个肉欲的姑娘，虽然她的体味儿浓得化不开，他只觉得自己发现了朱古律皮肉的色香味（这就是肉欲美）。徐志摩记下了廉枫做的春梦。"朱古律姑娘也不等请，已经自己坐上了廉枫的床沿。你倒像是怕我似的，我又不是马来半岛上的老虎！朱古律的浓重的色浓重的香团团围裹住了半心跳的旅客。浓得化不开！"②在自由恋爱尚且被质疑，逢场作戏式的滥交简直被视

---

① 蒋复璁、梁实秋编.徐志摩全集（第四卷）[M].北京：中央编译出版社，2013：43.
② 蒋复璁、梁实秋编.徐志摩全集（第四卷）[M].北京：中央编译出版社，2013：44.

为大逆不道的时代,与朱古律姑娘的逢场作戏更是令国人惊奇的事件,在国人心中黄种人、白种人是正常人,其他的还是未开化的子民。徐志摩敢于选择这样的题材,不得不说他完全沉浸在自己的艺术世界,就像一个天真的小孩,随意摔打着自己的玩具,对大人的斥责置若罔闻。而在香港廉枫尾随一个姑娘的故事,更令非礼勿视、非礼勿听的中国人大为吃惊。如果说郁达夫开创了不道德小说的谱系的话,郁达夫与徐志摩的重逢,郁达夫的小说在社会上受到的指责,反而成了吸引徐志摩好奇心的闹剧。在他看来这样有趣的创作倾向,怎么能与之绝缘?但在性心理的描摹中,我们感受到的不是性郁闷的急躁,像郁大夫展现的那样,反而是通透的观察的乐趣,保留了徐志摩自身性灵美的特色。

第二节 徐志摩小说的叙事特点

"事实上,徐志摩的小说中充满了现代性的色彩,形式新颖、内容清新,尤其是意识流手法的运用在当时的中国小说界无疑是先锋之举。"研究者认为,在意识流引入中国的同一时期,徐志摩开始了自己的小说创作,并且他的小说也多运用了意识流的写作手法。徐志摩熟练地运用人称的变化,使读者主动地置身于人物的头脑和内心活动中,无形中把自己幻化成主人公,读者的身份由听故事变成了故事中的人物本身。徐志摩小说注重的往往不是情节,描写叙事并不多,但小说中却有大量的心理描写,并且多是以心理活动带动情节发展,或者直接淡化情节、直白地进行心理描写,使作品对人物内心的展示更加透彻直接。徐志摩熟练地运用内心独白、潜意识与性心理,达到深刻揭示人物心理世界的写作目的。[1]徐志摩小说创作的现代性,主要体现在他对现代写作手法的引入和熟练使用上。他熟练运用意识流的写作手法,开历史先河地把中国小说由注重情节安排转化为主要展示人物内心世界的现代派创作阶段,推动了中国小说创作现代

---

[1] 杨宁.论徐志摩小说意识流手法的运用及地位[J].长江师范学院学报,2016(06):75-77.

化进程的发展速度，提升了中国小说现代创作技巧的世界化水平，缩短了中国小说与世界小说创作的差距。徐志摩小说创作的文学史意义大于它的实际意义，有助于现代作家以世界的眼光看待小说创作，促使他们自觉地从世界范围借鉴创作小说的新型艺术手段。

一、小说聚焦个人生活

从小说的选材来看，《春痕》小说的情节取自于林徽因的父亲林长民的早期留学生活。《两姊妹》应该是模仿西方作家短篇小说的成果。《老李》和《家德》，像取材于作者听到的乡村传闻而改写的，《一个清清的早上》《船上》《肉艳的巴黎》《浓的化不开》《浓的花不开之二》《死城》《轮盘》这几篇小说，可能以发生在徐志摩身边的真实事件为基础，经作者改写而成的。笔者还有一个大胆的猜测。《老李》与《晨报副刊》事件有着细节上的对应。老李认为祭产应该归他，就像刘勉己认为报纸就应该让他来编。他认为应该让一个在北京大学而后到国外留学拿到国外学位的高才生，而不是给一个没出国留洋的北京大学普通毕业生孙伏园编，这和老李认为祭产就应该让文化人继承的逻辑多么类似。在背后挑唆的族叔，和在鲁迅背后挑起风波的孙伏园手法相同。孙伏园有一天到鲁迅家里说从《晨报副刊》退出了，起因是刘勉己抽掉了鲁迅讽刺泛滥的爱情诗的打油诗《我的初恋》，这和族叔说老李害死了猛三的女人的做法类似；而且作家把自己的作品视为自己的孩子是大家可以接受的，视为自己的女人也是同样珍爱的意思。被别人蛊惑到失去理智的猛三坐船回来，大清早看到老李不说一句话拿刀就扎，杀死了老李。这就和鲁迅恶搞式模仿徐志摩给《语丝》投稿中的文艺观一样，让徐志摩至死都不知道鲁迅这样对待自己的原因。徐志摩被迫不能再在《语丝》上发文章，而《语丝》任性而谈的风格很对徐志摩的胃口，但因鲁迅的《音乐？》一文，使得徐志摩即使找周作人探询，也始终没有搞清楚鲁迅为什么要攻击他，一直到他早逝。鲁迅不过就是讨厌徐志摩而不希望他再来，所以故意写文章进行恶搞式的模仿。这和猛三的上来就拿刀扎死老李的做法，逻辑上岂不是完全一样吗？因为老李和徐志摩都不知道为什么猛三和鲁迅这样生猛粗暴的原因。

在徐志摩的作品中，《肉艳的巴黎》在散文集《巴黎的鳞爪》中已经被收录过一次，这次又被收录在这部小说集中，可以看出作者对这篇文章的喜欢。这篇文章最大的特点是非常鲜明地体现出徐志摩创作的特点。徐志摩特别喜欢奇异叙事，把自己生活中遇到的奇特经历，略加剪裁就写在自己的文章中，其写作目的并不在于事实本身，而在于这奇异叙事给读者塑造了一个神秘而又经历丰富的叙述者的形象。他写这类小说的目的，简直像是为了增加自己在读者心中的神秘，吸引那些没有类似经历的青年读者把他视为生活探险的老手，使他在读者心中不仅是一个写文章的好手，也是一个在社会三教九流中自由穿梭的探险者。

关于性的描写，在徐志摩的日记中很少，但不是一点没有。1919年8月6日的日记写道："前昨两晚，都看影戏，又乏味，又无聊。昨晚有女子唱极荡亵，心为一动，但立时正襟危坐，只觉得一点性灵上与明月繁星遥相照应，这耳目前一派笙歌色相，顿化浮云。那时候有两种心理上感动：第一是领悟到自负有作为的人，必定要庄敦立身，苦难生活，Take Life Serious！决计不可随众逐流，贬损威信；第二是想到心地光明，决计不可为外诱所笼罩，盖渎神明。（譬如偶尔到游戏场中，只把游戏看同过眼烟云；如其全副精神皆为摄去，是一种意志不强的表示，切戒切戒！）"① "从前听说夏令会的特色，一是运动职位，二是做爱。弄得会墙上花花绿绿的异常好看，异常腥臭，异常鬼祟。但是今年不同，也不知道是大家兴致淡了，也不知道是我运气不好；自始至终，没有十分出色的好把戏看。"②因此他的作品中与泛性心理有关的，都是他在戏仿身边男子受女人肉欲的刺激而产生的猥亵思想和行为，是他讽刺男人的文字游戏。

《两姊妹》利用的是中国人惊奇很多美国人终身不婚的好奇心理。梁启超在国外访问时遇到一个大龄女士，别人介绍时称为miss，梁启超大为惊讶，奇怪为何不结婚。而徐志摩这篇文章正是从中国人的角度来想象终生未婚的西方女性在晚年时特殊的心理状态。

---

① 虞坤林编. 志摩日记新编[M]. 杭州：浙江人民美术出版社，2017: 120.
② 虞坤林编. 志摩日记新编[M]. 杭州：浙江人民美术出版社，2017: 137.

在仔细阅读《船上》与《轮盘》这两篇小说之后，我们认为这两篇小说中主人公的形象是徐志摩的夫人陆小曼女士。1925年8月18日徐志摩整夜写日记那天，他想象的是陆小曼在舞场跳舞的情景。"这时候饭店凉台上正凉快，舞场中衣香鬓影多浪漫多作乐呀！……一位妙龄女子，她慵慵的倚着一个男子肩头在那像水泼似的地平上翩翩的舞，多美丽的舞影呀！……鬼影踌躇了一晌，咽住了他无形的悲泪，益发移近了她，举起一个看不见的指头，向着她暖和的胸前轻轻的一点——阿，她打了一个寒噤，她抬起了头，停了舞，张大了眼睛，望着透光的鬼影睁眼的看。在那一瞥间她见着了，她也明白了，她知道完了——她手掩着面，她悲切切的哭了，她同舞的那位男子用手去揽着她，低下头去软声的安慰她——在泼水似的地平上，他拥着掩面悲泣的她慢慢走回座位，去坐下了。音乐还是不断的奏着。"①在徐志摩眼中，陆小曼任性美丽、软弱感性，很喜欢享受，喜欢用世俗的娱乐代替精神上的不安。在徐志摩心中，陆小曼曾经在心里面高声喊过：我冷呀，我要他的热胸膛偎着我；我痛呀，我要我的他搂着我；我倦呀，我要在他的手臂内得到我最向往的安息与舒服。这样的女性一旦迷恋了一种事物，比如赌博，肯定会倾家荡产之后还不知停止。这样的女性形象和《轮盘》中那位倪三小姐的形象在精神上是高度吻合的。

  本不爱写信，信件保存又少的陆小曼，写信时使用的语言是鲜活而且有力的。她批评徐志摩的话，想来令很多读者都找不到还击的缝隙。"袍子是娘亲手放在箱中在最上面，想是又被人偷去了。家中是都已寻到，一样也没有，你也需察一下问一问才是。不要只说家中人乱，须知你比谁都乱呢。现在家中也没有什么衣服了。你东放两件，西存两件，你还是自己记不清，不要到时来怪旁人。我是自幼不会理家的人，家里也一向没有干净过。可是，倒也不见得怎样住不惯。像我这样的太太要能从胡太太那样能料理老爷是空（恐）怕有些难吧，天下实在很难有完善的事呢……既无钱回家何必拼命呢，飞机还是不坐为好，北京人事朋友多，玩处多，当然爱住。上海房子小又乱，地方又下流，人有不可取，还有何可留恋呢！来去请便吧！浊地本不

---

① 虞坤林编. 志摩日记新编[M]. 杭州：浙江人民美术出版社，2017：211–213.

留雅士。夫复何言。"①一个思维敏捷、伶牙俐齿的陆小曼形象跃然纸上。而陆小曼的胆大任性、才思敏捷的特点，也在文字中表现得淋漓尽致。你说这样的陆小曼，到草地上打一个滚儿，在妈妈怀里撒一会儿娇，或者跟别人到赌场里去玩一下轮盘，并不值得大惊小怪。

二、小说注重内在世界的挖掘

杨宁在论述徐志摩小说意识流手法的运用时，深入分析意识流创作手法与小说内容紧密结合为作品的艺术效果产生了巨大的影响。在《浓得化不开》中，"浓得化不开"这个题目已经为全文定下了基调，从中读者自然能感受到一种令人不安的艺术氛围，一种被压抑的生命活力在寻找爆发的机会。作者恰到好处地渗透了这种被压抑的生命力失败了的理性控制功能，又加强了压抑但无法遏制的急迫感。"红得浓得好。要红，要热，要烈，就得浓，浓得化不开，树胶似的才有意思。"再如："热带的自然更显得浓厚，更显得猖狂，更显得淫"，这种自然环境和艺术渲染的生命活力产生了共鸣，他的精神已经突破了理智与文化的束缚，堕入本能的逻辑中。小说还记录了人物的性幻想，廉枫在无聊哼起京剧时，眼前朦胧地浮现出凤姐坐着车子在街上游逛，四周充满了她的体味。湖心亭一双人影，尤其是旅店里朱古律的鲜艳肌肤的黑女郎，让他彻底沦陷。他被这种浓得化不开的身体气味和淫荡气息迷醉得无法自拔而形成白日春梦——在梦中朱古律姑娘翩然而至，在戏谑中嘲笑了他东方的僵硬，又吸引他放弃礼仪的束缚，让本能引领他来与她温存。"廉枫迷糊的脑筋里挂上了'妖''艳'两个大字。""廉枫觉得口里直发腻，紫姜，朱古律，也不知是什么。浓得化不开。"杨宁说："这样的性描写完全是对人物内心潜意识层面的心理的剖析，真正深入到了人物的真实心理活动中，充分展现了人的本能欲望，语言也恰当合适，读起来也不会让人产生一种距离感。"另外，在小说《轮盘》中，倪小姐看着镜子，觉得自己的脸变了形，像个鬼似的；一会儿她又想起赌博的梦，项链还按照母亲的关照放在首饰匣子里，记起了母亲在临死前和她说的话；在经历

---

① 徐志摩著. 徐志摩书信集[M]. 南京：江苏人民出版社，2016：160–161.

了一番思想流动之后，在恍惚间她又觉得见到了死去的母亲和年幼的自己，母亲正在亲切地爱抚她。"可以看出，倪秋雁的意识跨越时空，与之有关的多个过去的人事和话语随着她现在的感受和所进行的活动不断地交杂在一起，突破现在与过去、现实与幻觉的界限，不同的人物和记忆片段飘忽不定地纷纷涌现出来，展示了流动不已、转折突兀、游移混沌的意识。这样就使小说的时间内容增加，有了一种纵深感，虽然篇幅不长，但小说内涵却很丰富。"[1]徐志摩用意识流的艺术手段创作小说时，充分发挥了意识流艺术手段适于挖掘人物的内心世界，展示人物精神活动过程的特点。在这些小说中，徐志摩都不负所望，深入地表现了人物的内心世界，给我们塑造了一个个内心丰富的人物形象。

在《春痕》中逸和春痕姑娘真挚的爱情故事，是以两个人对待彼此感情的纯洁和真挚为基础，以灵魂的相通为旨归。这是因为由两个对待感情纯粹、对待爱情真挚的年轻人，才使得作者能塑造出一个容纳真挚纯粹爱情的艺术世界。《两姊妹》中两个终身未婚的姊妹二人，对周围人享受爱情的生活，内心充满了羡慕，在她们内心深处也一直保留着对爱情的渴望。《老李》中文化人对世俗的隔阂，小人的卑劣和无知者颟顸的精神世界，对他来说就像天书一样无法理解。《一个清清的早上》表现男人选择伴侣时的势利和算计。《船上》一个年轻女子初到乡村时感到的新奇。《肉艳的巴黎》当然是男人对女人身体由淫到美的认识提高的过程。《浓得化不开》（之一、之二）写寂寞男人的泛性幻想，任何一个女性，稍能动其耳目即可成为性幻想的对象，男人被性欲控制时最为卑劣可怜。《"死城"》写堕入生活最底层的老年人守坟场而达观的精神状态和那些无法赚到生存费用的人拼命去死的悲哀。《家德》描写了一个在生活的波折中被偶然决定命运的平凡人的无奈。《轮盘》中的堕落与理智的失守，天使与魔鬼就在人的一转念之间。徐志摩对人物心理的描写，结合了他观察社会的心得，其着眼点很小，主要表现每一个人物的内心世界；立脚点很高，是为了表现整个社会的一种情绪，揭示社会的某种现象，传达自己对社会现象的专业水准的结论。因此读徐志摩的小说，并不觉得其眼界狭小，反而有见微知著之感。

---

[1] 杨宁. 论徐志摩小说意识流手法的运用及地位[J]. 长江师范学院学报, 2016(06): 77-78.

《春痕》表现的故事，对于在日本留学的学生来说是很常见的，与林长民有同样留学经历的曹汝霖，在移民到美国之后的1960年代，曾写了《曹汝霖一生之回忆》，其中描写自己留学生涯时的一段往事与《春痕》这篇小说在精神上可以称为"孪生姐妹"。林长民与曹汝霖于公于私都处于对立的状态，曹汝霖对林长民终生怀恨在心。因此我们有理由认为，对林长民的消息很关注的曹汝霖可能读过《春痕》这篇小说。因为没有确切的佐证材料，无法判断曹汝霖回忆这段往事是否因《春痕》这篇小说引起，但因其回忆内容与这篇小说在精神上的高度类似，我们可以说徐志摩写出了他们这一批人的内在精神需求：

> 余初亦住下宿屋，后以张新吾之介，住在中江笃介先生之家。时笃介氏已故，家只有中江夫人，及一女一子，女名千美子，子石丑吉，均在女高及中学工读。中江家待我很亲切，其夫人时时讲丈夫笃介氏之孤高耿介……其女司炊事，常怕我日本料理不合口味，我说我很喜欢日本料理，她以为我是客气，常特别为我做西洋料理。住了三年，直至归国。人称日本淫风甚盛，以我观之，未必尽然。惟日本虽尚无社交风气，男女之间，拘束程度，比中国好的多，若以道学眼光观察，宜乎视为淫风矣！……余本不能饮，是日竟大醉，卧于草茵不能动弹……余归途已大吐了一次，回到中江家，尚觉头晕口渴。居停令嬢千美子为我铺床，我即倒下，喊头痛，她又备了一盂，防我再吐，并饮我冰水，以水袋覆我额，嘱我静卧，她在地铺边坐下相陪，直到我朦胧睡去始去。待外人如此温情，真是难得，令人心感。况千美子令嬢，已遣嫁有期，嫔于竹内冈氏之子……住了两宵，仍回东京。返时千美子令嬢，已与竹内氏成婚礼。①

林长民与曹汝霖的故事，经徐志摩和曹汝霖之手，写成了小说和回忆录，由于受文体风格影响，其艺术效果自然不同，但故事中展现出的青年人

---

① 曹汝霖.曹汝霖一生之回忆[M].北京：中国大百科全书出版社，2009：31-33.

的心理则有明显的趋同现象。何况曹汝霖的写作风格和他写回忆录时的年龄，与徐志摩青年时期的热情文风和他正处于对爱情朦胧向往的热情时期不同，因此对同样故事处理的手法、观察的角度和注重表现的人物的心理、挖掘故事的社会内含，包括人物之间情感的状态、甚至情感的性质，都有不同的看法。因此我们认为把这两篇作品视为精神上的"孪生姐妹"，是有说得过去的理由的。而徐志摩把握住了青年人爱情意识泛滥的特点，青年异性之间的情感易突破理智的束缚，进入一种特殊的暧昧状态，这一点徐志摩把握得特别准确。在异国他乡的青年人本身就渴望情感的慰藉，尤其是异性的慰藉，因此在异国他乡的青年人与异性之间的情感处于一种暧昧的状态，这是一种普遍的社会现象。徐志摩表面在写林长民的故事，其实他写的是所有的留学生在异国他乡与异性之间普遍存在的特殊的情感状态。

结　语

徐志摩小说写作的技巧是浅露的，作品展示的往往是生活的片段，而且有揭露社会矛盾的癖好，导致徐志摩在写作时缺少耐心。徐志摩还没有形成他的思想体系，也没有形成自己的文艺理论体系，但从他小说的创作中，我们可以隐约预见1930年上海新感觉派的先声。我们甚至可以乐观地预测，如果他能读到张爱玲的作品，他把笔触伸向旧式家庭时，以其流利的语言，在散文和诗歌创作中形成的华丽的情调，也许他能写出与张爱玲的作品相比肩的表现旧式家族生活的优秀作品来。

徐志摩是一个热情的人，让大家面对他时觉得有很多话说，而他写了那么多纯粹的情诗，又身体力行了他的诗歌创作，他的许多诗歌就是他自己爱情故事的结晶。有很多人关注徐志摩时，多关注他的诗歌创作，而且又多关注他的爱情，这种思路限制了研究的深入。研究徐志摩叙述能力这一思路，是回到一个基本常识——徐志摩能成为一个著名的作家，因他有不可否认的语言功底，他的叙述助他形成了极具感染力的风格。今天我们又再次回到他叙述故事的起点，呼吁爱、美与自由的徐志摩，永远具有其实际意义，也有感染文艺青年的独特魅力。笔者认为，以后他的作品会成为许多青年歌手的创作素材。

在研究中结合徐志摩的思想和创作实践，我们可知他并没有独立的文艺创作理论，而是在中西文化交融的时代，凭着他丰富的留学生涯尤其是以英国留学时遇到的狄更生和罗素的思想为指导，又不断吸取当时志趣相投的同路人的思想，比如闻一多的诗歌理论、梁实秋的创作理论、他的老师梁启超的创作思想，加上他自己独特的思想观念，创作出了具有典型个人风格的作品；但他的文艺思想是典型的有想法无理论、有个人看法无严密体系的思想。

徐志摩是善于学习、擅长吸取他人理论的优点，化为自己创作实践的指导，取其所长、为我所用的作家，但徐志摩过度表现自我，随意选取一篇文章就能显露出他在作品中一直不免表现自己那不可饶恕的自命不凡的习惯，这在当时就引起许多人不满，在今天依然如此。因为他的自命不凡的创作倾向，极力突出自我形象魅力的写作特点，为他吸引到、同时也摈退了许多读者。但正是他的这种争议性，丰富了他的个人形象和诗歌解读的多种可能性。

就像林徽因希望他"不要抛弃那真"一样，我们也希望徐志摩永葆热情，真诚地表现自我，为我们创作出比《再别康桥》更优美的诗歌。但是即使他没有英年早逝，他可能也不会延续《再别康桥》的艺术风格，就像《猛虎集》中备受关注的《生活》这首诗一样，在世人纷纷指责陆小曼追求奢侈生活并且拒绝回到北京，导致徐志摩为赶时间坐飞机而失事一样，大家都把这首诗视为徐志摩表现自己对婚后生活的绝望，但了解徐志摩创作特点的人都知道，他的诗歌都经过艺术的加工和重组，他的诗歌与他的实际经历，不应产生对应解读的想法。

  阴沉，黑暗，毒蛇似的蜿蜒，
  生活逼成了一条甬道，
  一度陷入，你只可向前，
  手扪索着冷壁的黏潮，

  在妖魔的脏腑内挣扎，
  头顶不见一线的天光，
  这魂魄，在恐怖的压迫下，
  除了消灭更有什么愿望？

在这首诗中，徐志摩早期追求爱、美与自由的风格全不见了，连他一贯的华丽与轻灵的艺术世界也消失了，留下的就是一个陷入痛苦与绝望、仰头向天呼号的凝像。这首诗又把我们带回《康桥再会吧》的观感中，似乎曾经一直展现在我们面前的徐志摩，都是他创造出来的一个诗人的形象，而在他的内心，永远留着一个真实的自己。他很善于作假，像哄骗溺爱他的母亲与祖母一样哄骗世人的眼睛。这是一首突破闻一多音乐美、绘画美、建筑美的新格律诗理论的自由体诗，完全靠诗人的想象和沉潜，对世界、对生活、对人生的爱组织了最动人心魄的字句，描绘了最激起人神经过敏反应的意象。甬道与内脏，都是不可突破、无处躲藏的生活绝境。作者把最具地狱精神的诗歌以成熟的诗体、动人心魄的文字和让人不寒而栗的画面展现在读者面前。诗人从一个乐观热情的天使，化身为一个闪现着黑暗魔力的墨菲斯托。他在日记中多次提到自己精神波动的激烈，难道他和周作人一样，在心里一直有绅士和无赖两个鬼在打着架？以前他拿自己的血肉喂饱了无赖，恶魔精神才偃旗息鼓。现在当他无力支撑起塑造乐观热情、无法提供让恶魔吃饱昏睡的养料后，暗黑破坏神就露出它凶恶的真容了？也许假以时日，徐志摩真有可能成为中国的歌德，给我们留下一部中国的《浮士德》也说不定。但这一切都是假设，随着开山的一次碰撞，徐志摩永远地离开了这个世界。但每次在黑暗潮湿的山洞中走过，每次遇到周围空间逼仄之时，徐志摩这首《生活》就不期而然地在头脑中响起。而摆在瓶瓶罐罐中的他的尸体，仿佛就躺在我们的身边，诉说着它不甘的归程。但想到徐家曾靠酱菜起家就释然了，又想到他的潇洒不羁，想到生命独立的价值，真的感谢这个会叙事的作家，给我们留下了许多奇思妙想，让我们体会到有趣灵魂的可贵。

我们看到徐志摩在诗歌创作中借助造境的手法，塑造有意味的细节并产生动画的效果，达到叙事的目的；在散文中借助奇异叙事的手法，化普通生活为吸引读者阅读兴趣的有趣的艺术世界；在小说中继承丛话和笔记的传统，从日常生活中撷取能引起作者兴趣的街头巷尾故事，经作者艺术化的叙述，成为具有原始朴素风格的小说。徐志摩虽然在精神上受西方思想的影响，但他的思想内容和艺术手法的师承，都完全是中国文化培养出来的现代精华。